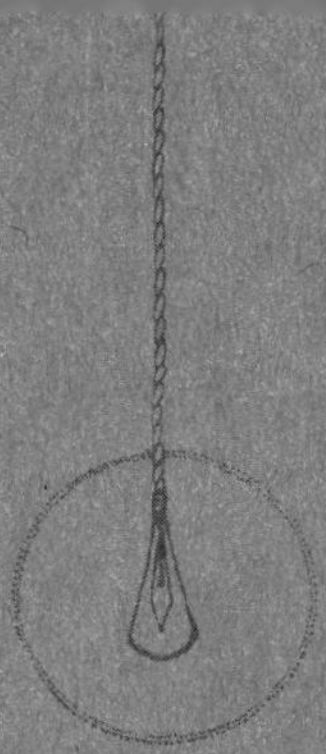

無名亭の夜

宮下遼

講談社

目次

装画　鳥羽史仁
アラビア書道　ターリク・ファタャーニ
装幀　仁木順平

無名亭の夜

無名亭の夜

幕前

◆

「かくして、故国ルーム《ギリシア》を離れたイスケンデル《アレクサンドロス》――この世の果ての探索者たるかの大王は東方の不思議の国を冒険し、この世の七界のうち六界までを制した末に、遠く故郷から離れた天竺《てんじく》の国で熱病に斃《たお》れたのであった」

はるかな昔、この国から森を抜け、山を跨《また》ぎ、海を渡り、草原さえ越えた先の国々をくまなく平らげたという帝王の物語が終わると、薄暗い集会所の半ば腐った垂木《たるき》の下で身を寄せ合う村人たちを溜息の余韻が残る静けさが包み込んだ。

会衆《かいしゅう》の後ろに座る村の長老たちがうんうんと頷《うなず》くのは、ペルシアを治める父王に放逐され、あまつさえ血を分けた弟ダーラー《ダレイオス三世》をその手で殺《あや》めた罪を嘆き、しかし幕下の戦友たちへの責任を打ち捨てずにまっとうした稀代の勇者を想ってのこと。会衆の真ん中でぬくぬくと暖まる女たちが手で頬をおさえて熱い息を洩らすのは、弓から放たれた矢のごとくに鋭い益荒男《ますらお》の視線に射抜かれ骨抜きにされてしまったから。農作業でひび割れた手を握ったり開いたりしている少女たちは、きっとその掌《たなごころ》にかの大帝の膨れあがった肉の張りを感じて恍惚《こうこつ》としているのだろう。そんな手弱女《たおやめ》たちを尻目に、村人の輪の外側を固める働き盛りの男衆が「さあて、前座はおしまい！」とばかりに目配せを交わして黄ばんだ肌着を引っ張り合うのは、私があらかじめ「女子供抜きで、あとから」と言い含めた艶談《えんだん》を待ちわびているからに相違ない。壁際の丸太や干し草の上に陣取った若者たちがつまらなそうにそっぽを向いたり、梁《はり》から下がった腸詰《ちょうづめ》を指ではじいたりしているのはどういうわけか。私の話がつまらなかったからだろうか？　いや、それは断じてない。おそらく精一杯に虚勢を張っているのだ。清く正しい彼らはまだ女を知らないから、艶談にかこつけて大人たちにからかわれぬよう、いまから気を張っているに違いない。では、はじめのうちは私をぽかんと見上げていた少年たちが、せっかく最前列に座らせてもらったというのにうつらうつらしているのは？　これまた、私の語りがまずかったからではない。たんに春に蒔く種を選別させられて草臥《くたび》れてしまったのだろう。

しかし、最前列のど真ん中にちょこんと正座して、天を埋めつくす星々を映す夜の湖面のように爛々《らんらん》と輝く澄んだ瞳で私を見上げる、この身なりのいい少年は？　幾星霜《いくせいそう》を閲《けみ》しながら磨きぬかれた末に、この世とあの世で一番の語り部シャハラザード姫にも劣らない私の語りの技に聞き惚れ、こう願っているのだろうか？　――いずれは僕も語り部として各国を巡ってやるぞ。

いや、少し注意して見てみると少年の視線は細長い語り部の杖ではなく――ときにイスケンデル大王の角になり、ときにナスルッディーン師の鞭になり、日が暮れれば馬の逸物《いちもつ》に見立てられる我が相棒だ――自らの末期の息を摑み取ろうとして天に伸ばされたイスケンデル大王の掌に向けられている。私の訝《いぶか》しげな視線に気が付いた少年は、ちょっとはにかんだように笑って呟いた。

「もっと知らない話を聞きたかったな」

小生意気な言葉に腹は立たなかったが、かといって豊富な記憶が教えてくれるはずの先の先まで読んだ気の利いた答えが、どういうわけか思いつかなかった。少年の底意のない瞳にたゆたう黒い泉に反射した星明りの一条《ひとすじ》は、さながら燕の羽のそよぎに揺れる老木の枝の蜘蛛《くも》の巣のように、私の知性をふるふると震わせる。二本足の人間たちであれば、きっとこの感覚に与えるべき名前を知っているのだろう。でも、私には分からない。ただ、少年の眼差しを見つめるうち、私の脳裏には故郷のあの図書館の心安らぐ暗がりが、なぜだか思い浮かぶのだった。

「……その割に熱心に聞いていたじゃないか？　君はまるで昔の――」

ちんちんちん——ふいにホリゾント幕の向こうから呼び鈴の音が届いて、私はびくりと背筋を震わせた。眼前には村の集会所に集った会衆の姿はなく、古びた衣装が首吊り死体のように吊り下がり、姿見の中にはあの日の少年とは似ても似つかない、星の光を映してなお沼のように淀む二つの黒目がこちらを見ているだけだ。そうだ、衣装を選んでいたのだ。くだくだと回想に浸ってしまったのは、ロッカーの一番端で埃を被るこの長衣《ながごろも》のせいに違いない。膝《ひざ》まで届く長い飾《かざ》り袖《そで》、踝《くるぶし》まで優美に流れる裾《すそ》、金糸の刺繍《ししゅう》の縁飾《ふちかざ》り——何の気なしに取りだして埃を払うと、すぐに鮮やかな緋色《ひいろ》が姿を現した。何年経っても色褪《あ》せない緋色に少し驚いて、私はすぐに長衣をハンガーに戻し、頭を振って安物のタキシードを取り出すと、古びたホリゾント幕の切れ目からそっと客席を覗きこんでみた。

カウンターの端っこに遠慮深げに陣取った三人組はどうやら学生で、どうにもひょろっとしていて、いかにも家で絵の映る箱やら板やら眺めてばかりいそうな佇まい。喝采、口笛、野次、囃《はや》子《し》——あの少年が彼らの歳のころには、それらを惜しみなく捧げられたのとは大違いだ。そのうちに、左右の二人の友人が密かに顔をしかめたのにも気が付かず、真ん中に座っていたひときわ風采の上がらない学生が煙草に火をつけた。俯いていて顔の表情は見えないけれど、ライターの火で一瞬だけ照らされた目玉の中に見覚えのある小さな輝きが垣間見えたような気がした。

私は少し迷ってから手の中のタキシードをそっと戻すと、長衣を取り出した。そうして、控室の狭さなど気にかけずにばさりと羽織り、肩口から腕を出し、むかし懐かし大帝都の伊達者《だてしゃ》たちよろしく飾り袖を肩の後ろに流して一回転。ああ、悪くない。あの少年ほどではないが、なかなかのものだ。私は深呼吸を一つして、長い耳をぴくぴく震わせながら颯爽《さっそう》とホリゾント幕を開け放った。

■彼

裸電球で照らされた古ぼけた木の看板に、店名は書かれていない。可愛らしい七本指の大椛《おおもみじ》の形をしたその木板には、短い後ろ足で立つ、いやに耳の長い不格好な馬とそれを見上げる三人の騎士が描かれているきりだ。完全武装の騎士は馬が蹴とばしたらしい旗を追いかけ、もう一人は鍔広の帽子を被って尻餅をつき、最後の一人は二角帽を被って毛布にくるまり、不機嫌そのものといった顔で雪の上で蹲《うずくま》っている。

この店を訪ねるとき、彼は大抵酔っぱらっている。七歳の時からつけはじめた日記でいえば十七冊目、二十三歳の春に初めて登場して以降の二十冊に散発的に、しかし途切れることなく記されるこの場所を、彼は便宜上「この店」とか「あの店」とか呼び続けている。なぜなら、この店の主人とその従弟は、決して名を明かさないからだ。だが、名乗らないのは店の二人ばかりではない。殊の外、凡庸というものを忌み嫌う彼にしても、抽象性の中にこそ普遍的な個性が宿るという信念に基づいて、日記では自分のことをただ「彼」と書くのだから。

彼が素面《しらふ》でこの店を訪うという偉業を成し遂げたのは、二百枚綴りの分厚いキャンパスノート――一日一頁、彼の人生一年分は毎年きっかり一冊に収められている――に綴られる彼の日記の終わりも終わり、通算三十七冊目の真ん中あたりでのことだ。そして、いつも千鳥足で店を訪れた理由が記されているのも同じ頁だ。

『思えば、この店に来るときは決まって泥酔した後ばかりであるが、これは彼にとっては礼儀のようなものなのである。何故なら、真面《まとも》な頭ではこの店を営むでぶとやせの二人組の奇妙さや、小説の空白部分にぽつりとくっついた紙魚《しみ》よろしく世界の枠線のちょこっとだけ外側に佇むこの店の妙味はたちまち薄れ、彼らがただの物好きか、嘘つきでしかなく、店そのものもまた、日の光を浴びれば汚らしい場末の酒場に過ぎないかもしれないという事実を知らしめるであろう残酷な徴候を見つけてしまいかねないからだ』

ちなみに、ここでひどく読みにくい長文に二重鉤括弧が用いられているのにも彼なりの理由がある。彼は律義な性格であるからして、この店で耳を傾け続けた物語と、彼自身の現実を厳然と区別していたのだ。そして、前者の部分は必ず枠線で囲うようにして、後者の部分には枠こそ設けないものの、少なくとも物語の登場人物ではない彼自身の発言や心の声を二重鉤括弧で括《くく》るようにしているのだ。もっとも、ただ一枠《ひとわく》を除く枠線のことごとくは幾度も消しゴムで消されては書き直されているので、もはや線というよりは煙突からたなびく黒煙のような有様なのだけれど。

いずれにせよ、その日の彼は素面で、久しぶりに髭を剃り、クリーニング代も洗濯機もないのでじっくり手洗いしたシャツを着て、裾がほつれていないズボンを選んで慣れないながらもアイロンまでかけ、夜な夜な騒ぎたてる学生と、夜中に苛《いら》ついた足音を響かせて帰って来るなりすぐ寝入ってしまう新卒者たちの暮らすアパートを出たのだ。錆びついた自転車に乗って幾つもの坂を越え、やがて道の両側に現れた丸と四角で出来た見慣れぬ文字にちらつく目をしばたかせ、チョッキを着た客引きや通行人を少し大げさによけながら、ひたとアスファルト道路だけを見つめて長い坂を下る。やがて近くのチューインガム工場から漂う甘ったるい臭気が遠のいたところで自転車を降り、ふっと道を曲がるとお目当ての瀟洒《しょうしゃ》な看板が現れた。

ちんちんちんと扉の呼び鈴を鳴らして、店内へ入る。四分円の形をした木製のカウンターが扉のすぐそこまでせり出す狭苦しい客席と、天井から銅製の鍋やらフライパンやらお玉やら、何かの干し肉やらソーセージやらが垂れ下がる広いバックヤード。その面積差は別に、客と店主の立場を表しているわけではないし、当の店主がとんでもないでぶだからでもない。厨房の脇に、古びたホリゾント幕を背負うようにして、ちゃちな木組みの演台が据えられているからだ。

彼がいつもながらに誰もいない四分円のカウンターの真ん中に陣取ると、ビール片手にでっぷり膨れたお腹をカウンターにこすりつけながらやって来た店主は、鼻毛の覗く大きな鼻腔をすんすん二、三度膨らませ、酒気がないことに驚いたように長い耳をゆっくり動かした。カウンターから伝わった振動でブドウの房よろしく揺れる鍋やフライパンを眺めながら頷き返すと、彼はポケットの中で握りしめていた煙草の箱を取り出して店主に勧めた。店主と一緒にぷかぷかやるのもいつも通り。最初に来たころは真っ白だったホリゾント幕がいまでは黄ばんで見る影もないのは、彼がここで過ごした時間の証なのだ。彼はホリゾント幕に向けてジョッキを小さく掲げてぐびりとやると、従弟殿の初公演を見た日のことを思い返す。

友人たちと三人で連れだってこの店を訪ねたのは、彼がまだ学生のころだった。酒の勢いに浮かされたのだろう、いまでは子供が三人もいる友人は店主の顔を見るなり不躾《ぶしつけ》にこう尋ねたものだ。

「お国はどちら?」

いまでも出張先の国々から律義に絵葉書で年賀状をくれるもう一人の友人も、すかさず畳み掛けた。

「日本はいかがです?」

なんて礼儀のなってない連中だ! ——のちに店主はそう述懐したものだけれど、友人たちの疑問にも故がある。なにせ、相手は黒髪黒目である以外、異様に彫りの深い馬面で、そのうえ毛深く、なにより喋り方が少しおかしい。アと言おうが、エと言おうが、その大きな口からは喉の奥に籠ったような「ヱ」という曖昧な音しか出てこないのだ。店主はちらりと、まだそのころには真っ白だったホリゾント幕を一瞥《いちべつ》してから、嫌味たっぷりな口調でこう答えた。

「この国はど田舎なお蔭で、ろ……いや、俺の一族の者がほとんどいない。お蔭で風通しが良いよ。ほれ、俺は悪名も名声も一族の中じゃ飛び抜けているからさ」

無論、彼と二人の友人は店主の名声など知る由もないのだけれど、そこはそれ酒席では世界一の寛容さと気配りを旨とする民族の底力を発揮して、きっととんでもなく辺鄙なところにある国なのだろうと納得したように頷いておいた。

そうして、店主の従弟が白幕を割って現れたのだ。肩口から生えた飾り袖が膝小僧まで垂れ下がる、上前《うわまえ》のない和服みたいな赤い長衣を着た従弟は、つつっと舞台の真ん中に立つと、挨拶もせずに陰気な声音で、店主と同じようにアとエを一緒くたにして喉の奥にわだかまらせながらこう宣言した。

「まずはじめに、お客人方に名乗らない無礼を許して欲しい。私と私の一族は、そこの従兄殿のせいでもう長いこと自分の種族の名を告げられないでいるのだ。……だが、君たちの名前も尋ねないからお相子《あいこ》だ」

冗談半分で自分の名字を叫ぶ友人たちを完全に無視して、従弟はやけに長い耳をぴくりと動かすと、右手に持った白杖《はくじょう》のような細い杖で床をかつんと鳴らした。

「さて、相手がただの酔っ払いであれば、千夜一夜の夜伽話《よとぎばなし》から二、三見繕《みつくろ》って下品な馬鹿話をしてやればいいのだが——」

『このとき、確かに目が合った』と彼は日記に記している。『隣にいる同級生二人ではなく彼と』と。思うに、この瞳の逢瀬こそがのちに彼をしてこの店に日参せしめ、物語の枠線の彼方へ続く旅路へと誘う最初の刹那であったはずだから、よしんば舞台の上の従弟が彼ではなく、その後ろに貼られたビールの宣伝ポスターの昭和風の美女のイラストの胸元を見つめていたのだとしても、彼はそう書いたはずだ。

「——今日ここに居合わせたお客人の中には、もうありきたりの物語では満足できない不幸な者もいるようだから、一つとっておきの物語を語ることにしよう。あの少年であれば『慈悲遍《あまね》く、慈愛深き神の御名《みな》において』とはじめるのだろうが、生憎と私は語り部。同じ聖典の御言葉《みことば》を引くにしても開扉章《かいひ》からではなく、絶世の美青年ユースフの名を冠するあの章から聖句を一つ拝借して、こうはじめることにしよう。——物語の中でももっとも美しいものを語ろう。あなたがこれまで気付かずにいた物語を。……従兄殿！」

すると、カウンターの奥の店主が気味の悪い女声であとを引き受けた。

「……是非にものお願いがございますの。なにか不思議なお話を聞かせてはくれないかしら？

そうすればこの眠れぬ夜も短くなって、明けはなれようというもの」

従弟は手に持った杖をすっと持ち上げて、こちらは驚くほど女っぽい声で答えた。

「この教養高くていらっしゃる王様がお許しくださいますなら、喜び勇んでいたしますわ」

従弟はそう言いながら、まだバックヤードの天井で揺れている鍋の群の中から見慣れない一つをひょいと手に取った。擬宝珠《ぎぼし》みたいな変てこな形の鉢には、銀杏切《いちょうぎり》にした沢庵みたいな形のまっ平らな眉庇《まびさし》がついていて、まるでスプーンかチューリップの花みたいな鼻当てがその真ん中を貫き、頭頂部に差しこまれた白い羽がススキのようにゆらゆら揺れていた。そして、八幡座《はちまんざ》に刺さった長くて白い羽が手旗信号よろしく弧を描いて、見事に演者の頭の上に収まった瞬間、その口からはいかにもはきはきとした、聞き取りやすいあの少年の声が漏れだした。

初夜

●少年

吾輩は、ムハンマド様、あるいは預言者イーサー《イエス》やムーサー《モーゼ》をそれぞれ信じる誰もが「辺境」、「ど田舎」と言って憚らぬある国の、大森林の畔《ほとり》に開かれた小さな街——といっても村に毛が生えた程度のものだ——を治める古い貴族の三男であった。家は兄上達が継ぐことになっておったから、吾輩は商売なり兵隊なりをして生きていくべしと父上に言い聞かされて育った。敬愛すべき父上の薫陶の賜物なのか、はたまたたんに餓鬼《がき》んちょだっただけなのか、吾輩のおつむにはその二つの選択肢しかなく、少年の常で兵隊の方により心惹かれながらも気楽に構えておったものよ。

我が故郷にはいまでも、メッカの方角に向かって祈りながら、なんでか家の中にイーサーの肖像もかかげる長閑《のどか》なところが残っておるのだが、当時は帝国の属州になって十年くらいしか経ってはおらず、帝国憎しと思う住民も少なくなかった。畢竟《ひっきょう》、一旗あげたいと望む村の若者は、自分たちが税を納めている東の帝国へは行かず——道中には深い森があり、魔物と山賊がひしめいておるからな——半日ばかり坂を下った西の海岸の港へ出ていくのが普通だった。そこでヴェネツィア人の軍船に乗り込み、石弓の引き方を覚えるわけだ。帝国の言葉に通暁し、執務室には帝国の言葉で書かれた書物を三冊もお持ちの父上にしたところで、むかし帝都へ人質に出されたときのことをぶつくさぼやいておったから、きっと吾輩には西へ行ってほしいと願っておったのだろう。ところがな、みなと違って吾輩は不思議と東の帝国が嫌いになれなんだ。まずはその話だ。

吾輩の国がまだ預言者イーサーの教えを信じておった無明の時代、この国にはイスケンデル《スカンデルベグ》という名の勇士がおった。この勇士が三十年の長きにわたって東の帝国に抗《あらが》っているさなかのこと、彼は吾輩の街に一つの美しい建物を贈った。吾輩が生まれるちょうど二十年ほど前、彼に従う帝国出身の大工や石工がやって来て、井戸を掘り、絡繰《からく》りを巡らせて、それを築いたのだ。どこをどうやったものなのか、建物の正面についた蛇の鎌首のような形の口からは日照りのときも大雨のときも、こんこんと水が湧き出す。その蛇の首の周りには手で撫でても触れていることに気が付かないほどすべすべの、深緑色をした八芒星形の磁器板が並び、もう屋根も間近という場所には一枚の銘板がかかっておった。そして、その銘板には見たこともない流麗な文字が浮き彫りされておるのだ。まことに美しい建物であったなあ。そうさな、干し草と泥にまみれた辺境生まれの吾輩は生まれてはじめて「文化」――吾輩の仕えた帝国ではより雅やかに光輝あふるる、諸々の芸事と呼び習わすのだがな――の香りを嗅いだわけだ。ところが、この美しい板に何が書かれておるのかが、さっぱり分からぬ。

やがて古のイスケンデル《アレクサンドロス》と同じようにイスケンデル《スカンデルベク》が病没し、我が故郷が帝国の属州になると数年に一回、東の大帝都から徴発隊が来るようになった。村の少年たちを集めに来るのだ。ある者はとって食われるのだと言い、ある者は死ぬまで櫂漕ぎをさせられるのだと慄《おのの》いたが、父上は一言だけこう仰った。

「帝国の近衛歩兵にされるのだ」

村の子供たちはびくついて徴発隊に近づこうとはしなかったのだけれど、吾輩は違った。ある日のこと、雅やかなあの建物の前に佇んで銘板を見上げていた近衛歩兵に近づいていって、そこに何が書かれているのか尋ねたのだ。これは無論、吾輩に備わった生来の勇気に後押しされてのことに他ならぬが、そもそも領主の息子だから徴発されまいという計算もなくはなかった。

腹を空かせた狼のように忌避されるのに嫌気が差していたのだろう、厳めしい髭の割に人好きのするくりくり眼《まなこ》の兵隊は「なんだ童《わらべ》、そんなことも知らんのか」と嬉しそうに笑って、我が故郷と帝国の言葉を混ぜながら快く教えてくれた。まず彼は、手の中の鞭で八芒星形の壁面装飾を指した。

「そなたも知っておろうが、八芒星は欠けることのないもの、すなわち神のお創りになられたこの宇宙を表す」

ついで鞭がしなって八芒星の宇宙の天頂に掲げられた銘板を指し示した。

「そして、天の国でいえば神の座に鎮座するのはシ、！　見よ、こう書かれておるのだ。『イスケンデルは今ここに泉亭《せんてい》を築いた、民の願いに応じて天の園にせせらぐ清水の分前を与えよう』――ああ、反逆者の方のイスケンデル《スカンデルベグ》が作った泉か」

兵隊はそう言ってわずかに顔をしかめたが、吾輩はこの泉亭も、間近で見ると美しいくせに、分厚くて丈夫そうな兵隊の緋衣も一遍に好きになってしまった。吾輩がそう伝えると、兵隊は笑みを深めて頷いたものだ。

「この蔦《つた》のような文字にはな、おのおのに神から与えられた数字が秘されておる。ا《アリフ》なら一、ب《バー》ならば二という具合だ。よって、この文字の数価を足していけば泉亭が築かれた年がいつか知れるのだ。これを数秘術という。ふむ、これはメッカの預言者様が生まれてから八百七十三年後に築かれたようだな。いまから……三十年ほど前だ。どうだ、合っているか？」

吾輩がぶんぶん首を縦に振ると、兵隊も得意げに頷いて、もう一度銘板の文字を詠んでくれた。当時の吾輩は帝国の言葉にあまり親しんでおらず、分からぬところもあったが、兵隊のむさ苦しい声がせせらぐ水の音に様変わりするような心地よい言の葉の響きに、すっかり魅せられてしまったものだ。

○アフメド

人の一生を左右する権力なり、男ぶりなり、あるいは徳なりを発揮できる機会を、神はそうそうお与えにはならない。しかして、それを賜ったわしは果報者といえるであろう。あの崩れかけた遠国の都で今わの際を迎えるまで、幾人もの官人を推薦し、田紳の子弟に礼儀を教えて宮廷へ送り出し、それに倍する幼年兵どもを陛下の近衛歩兵に鍛え上げたが、末代まで語り継がれる才人と言えるのは後にも先にも、その幼子だけであった。生涯、へぼ詩人と後ろ指を指されたこのわしが、帝国一の詩人を見出したというのは、なんとも皮肉が効いていて小気味よかろう？

「ようし、同郷の幼子よ。今度はそなたの番だ！　この詩を詠んでみよ！」

あの幼子は素直にこっくり頷いて、ぶつぶつとひどい訛《なまり》で朗読しはじめたものだ。

「……もっと大きな声で、一つ一つの言葉を区切るように詠むのだ！」

わしがそう助言すると、幼子の口からはじめは呟々《げんげん》と、徐々に堂々と、しまいには朗々と歌詠みの声が響き渡った。訛もあれば、抑揚も一定せず、なにより言葉の意味の半分も理解してはおらぬであろうに、そこには春雷の到来を歌う『王書』の序詩にも劣らぬ瑞々しさがたゆたっておった。わしの驚きと、ちょびっとの嫉妬など露知らず、幼子の顔はみるみる間に艶《なま》めかしい緋色に染まっていったわい。はじめて自瀆《じとく》の味を覚えた童貞よろしく、詩の喜悦に打ち震えているのだ。やがて、歓喜の渦に耐えきれなくなった幼子があえぐように叫ぶまで長くはかからなかった。

「凄い、凄いです！　なんなのです、これは！」

「詩だ！　詩というのだ、これは！」

「……シ？」

「シかり！　これぞ、聖典の聖句を形作り、古人の言行をいまに伝え、この世の美を寿《ことほ》ぐための至芸！　光輝あふるる諸々の芸事《げいごと》の屋台骨よ！　……ただし、ぶつぶつ呟いているだけでは、これはただの字の連なりのままだ。そなたの円《つぶ》らな瞳と、この――」

わしはそう言って幼子の黒髪の奥にある頭蓋を人差し指でこつこつと叩いた。

「おつむの中の知性が合わさって、最低限の意味をなしているに過ぎぬ。ところがこの——」

わしはそのまま指を滑らせて幼子の桃色の唇にそっと触れてから、赤く染まった耳たぶを焔硝《えんしょう》を紙に包むときのようにきゅいっとつまんだ。

「唇とその奥の舌がひとたびこの文字を音に返せば、その声は耳に入り、奥へ奥へと潜りこんでいってふたたびおつむのなかの知性に届くのだ。そなたは知らぬであろうが、音というのは空中にたゆたう目には見えない風のようなものであるからして、大きな声で詠みあげればそなたのすべすべの肌まで震わせることだろう」

幼子は頬を撫でられるに任せ、帝都の学院の教室に集った千学《ヘザルフエン》の学者たちに教えを乞う未開の国の神学生のように目を潤ませて口をぽかんと開けていた。わしはいよいよ得意になってこう続けた。

「まだ終わらぬぞ。ほれ、音は水とか麦とかと違って、どこかに溜めておくことができぬであろう? 詩に耳を傾けるとき、人は必ずそれを詠む者のそばに侍らねばならぬ。となれば、朗誦を聞いた瞬間にそなたのその立派な鼻や、桃色の舌で感じた匂いや味もまた、詩の妙味を左右するのだ。しかして、この銘板はただの亜鉛鍍金《ときん》された銅板にあらず。そこに刻まれた詩という妙なる調べを記録し、それが声に出して詠まれ、我ら人の子の五感のすべてに訴えかけ、知性を揺さぶる崇高な現象へ様変わりする日を待つ奇跡そのものなのだ！」

感極まったわしが両の掌を天に向けて差し出すと、釣られたように幼子も握りこぶしを天に向けた。その勇ましい様にわしは呵々と一笑して頭を撫でてやると、緊張がほぐれたのか幼子がこう尋ねてきた。

「そのシ……詩というものは、どこで作られているんですか？」

わしは黙って東の丘の稜線と、その向こうに広がる森を鞭で指し示した。

「ここより大森林を北に迂回し、ウスギュプ《スコピエ》街道に出て東へ行くと大きな都がある。そなたらが帝都と呼ぶこの世でもっとも大きな街だ。詩はそこで編まれている」

森と沼しかないと首をかしげる少年の頭をもうひと撫でしてやると、わしは胸をそらせて息を吸い込んだ。

「我らが大帝都の貴人方《きじんがた》は花園のような絨毯《じゅうたん》や壁面装飾に彩られた美しいお屋敷で詩によって紡がれた物語に耳を傾ける。美酒を舌で転がし、焚《た》いた香木の匂いを嗅ぎながらな。ときには、物語の場面を描いた絵を目の前に置き、傍らにはシャハラザードやシーリーンもかくやという美姫を侍らせてその柔肌を撫でながら物語の世界に浸ることもある。目、耳、肌、舌、鼻、そして知性——五感と知性に喜びを与えることで詩と物語の妙味を引き出すために」

わしがふたたび両腕を天にかざしながらそう宣言すると、少年も一緒になって空を見上げた。

さきほどまで好奇心に輝いていた瞳が大きく見開かれ、日光に照らし出されて東へ流れていくまっ白な雲を静かに映しだしておったものよ。

「兵隊さんのように美しく詠むにはどうすればよいのですか？」

「さて、それは容易ではないぞ。……だが、少し教えてやろう」

　わしは講談師とか語り部がよくやるように片目を瞑《つむ》って、大げさに顔をしかめた。

「見よ、銘板に書かれた文字を！　上に二つ、下に二つ、ちょうど四つの文字の林があるな？　では、おのおのの林の左端を見てみよ。どの林の端も同じ文字で終わっておろうが？　これを脚韻という。生きとし生けるものの耳と肌に、音を心地よく響かせるために神が与えられた黄金律だ！」

　わしがぴょんぴょんとその場で跳ねて、銘板の詩行を鞭で叩くと、街の広場にいた異教徒どもが驚いたようにこちらを振り返った。しかし、幼子の視線は二対句から成る詩篇を見据えたままだ。幼子がたった二対句の短い詩の後半部に、まるで木立のとば口のように並ぶا《アリフ》の文字を確認したのを見届けて、わしは鹿爪らしく頷いた。

「では次に文字の林全体に目を向けよ！　おのおのの林の中には別々の文字が連なっておるが、おおむね林の大きさが同じことに気付かぬか？　この林の一つを半扉《ムスラー》という。二つの半扉《ムスラー》が合わさって対句《ベイト》となり、対句《ベイト》が束ねられて連《ベンド》になる。連《ベンド》の代わりに章《ファスル》が立つこともある。言うなれば、文字という木が集まって林となり、その林が広がって森になっていくようなものだ」

幼子が上気した頬で熱心に聞き入っているのを確認したわしは、いよいよ声を張りあげた。

「しかし！　しかし、だ！　どこまで行こうとも、この林の大きさは変わらぬのよ。それはこの林に一律の音楽が流れておるからだ」

「音楽？」

「そう、音楽だ。名を韻律という。いずれの林も、そこに描かれた文字という個々の木が別々であっても、ある一つの調和《アーヘンク》によって植えられておるのよ。文字、言葉、連語、掛詞——詩の技は数あれど、いずれも全然違うようでいて、実はみんな韻律という音の連なりに則って言葉が選ばれているのだ」

「インリツ？」

喋り通しで少し喉が渇いたわしは、息を弾ませながら腹帯から短刀《カマ》を鞘ごと抜いて泉亭の石壁を叩いた。こつっ。

こつんっ。

「さよう。この短い音と——」

「——この長い音の組み合わせが韻律だ。まずは一番右上の第一の林から行くぞ！　こつん、こつ、こつん、こつ。こつん、こつ、こつん、こつ。……では、その左隣の第二の林だ。こつん、こつ、こつん……分かったな？　では下の右側の林だ。こつん、こつ、こつん、こつ。続けて左下の林。こつん、こつ、こつん、こつ。こつん、こつ、こつん。どうだ？」

「同じです！」

「然り然り！　この音の美が損なわれぬよう、詩は文字の小林《しょうりん》に区切られ、どう詠めばいいかを教えてくれているのだ！　それ、もう一度詠んでみよ」

聞き分けよく詩に取り掛かった幼子は、最初の対句を詠み終えると、あとは妙なる韻律に乗せて恍惚としながらぐんぐん詠み進め、終わりまで行くとまた最初に戻り、幾度も幾度もそれを繰り返した。緋色に染まった艶めかしいうなじから視線を引きはがして幼い顔を覗き込むと、その口許はよだれを垂らしてだらしなく解けておるではないか。気が付けば、広場に集まった異教徒どもが森の魔物でも見るかのような不安げな目つきでこちらを凝視しておる。我に返ったわしは、慌てて幼子の肩を叩いた。

「よ、よし、そこまで！」

わしは、法悦から覚め、物足りなそうにこちらを見上げる幼子の瞳から思わず目をそらして言った。

「それくらいにしておきなさい」

少年は冷や水を浴びせられたように身を引いて、銘板とわしの顔を見比べた。

「……どうしてですか？」

わしは長衣の前を直すと、そのころはまだ異教徒だった幼子にも分かるよう慎重に言葉を選びながら教えてやった。

「この世はな、たった一つの目的地、わしらが終末の日と呼ぶところに向かって時間が流れておる。よって、あらゆる被造物には森羅万象《しんらばんしょう》に習熟し、しかるのち滅びていく習性が備わっておる」

少年が眉をへの字に曲げた。

「この世に、永遠のものは何一つないということですか？」

人の子である預言者イーサーをいつのまにか神の子と勘違いして押し戴く異教徒らしい傲慢な考え方に苦笑しながらも、わしは清新な信徒にして、苔むす屍の心意気を忘れぬ近衛歩兵らしくきっぱりと頷いた。

「然り！　すべては無常《クッラマンアライハーファーニン》！　いまの対句をあと二回か三回も詠んでみるがよい。きっと、さきほどの喜びはぱらぱら砂みたいに崩れて風に飛ばされてしまうであろうよ。永遠の時を生きられるのは神ただお一方《ひとかた》ゆえな」

しゅんとしてしまった幼子を見て、広場の異教徒どもは眉をひそめ、中には「やっぱり帝国人は幼子を獲って食う気なんだ」などと囁き交わす者までいる。……わしだってもとはこの国の生まれだというのに！

「おほんっ！　もし、もっと詩の法悦に浸りたいのであれば、どこぞの本なり、語り部なりを恃《たの》んで新しい詩を詠む方が良い。だが、こんな片田舎には紙の本なぞなかろうしなあ。そうだ、童よ、良ければわしと共に――」

●少年

新しい詩。

――そういえば父上の書斎に、これと同じ文字で書かれた書物が数冊あったぞ。

存外に学のある兵士の言葉はちんぷんかんぷんであったものの、幼い吾輩は紙の本と聞いて思い出した。吾輩は帝国風に腕組みして頭を下げると、領主の館と呼ぶにはあまりにもつつましい我が家へと踵《きびす》を返した。「――帝都へ来るか。……おい、どこへ行く！」と叫ぶ兵士……いや、その生涯の最後まで吾輩が敬愛した同郷人アフメド殿の長閑な叫び声を背中に残してな。

それからの一年、戦の熱狂はおろか詩も酒も色も知らぬ幼い吾輩にとって、父上がお持ちの物語を乳母に語り聞かせて貰うのが一番の楽しみとなった。心優しい乳母のしゃがれ声で語られる物語に胸躍らせた夜はいまでも忘れがたい。しかし、雀の囀《さえず》りのように陽気な声音で羊を呼ぶことはできても、朗誦の技を知らず、父上のお供で帝都へ行ったものの、あちらでは家事をしていただけで、そもそも読み書きの得意ではない乳母が語り手では、物語の妙味を味わい尽くせようはずもない。才気煥発な吾輩はとつとつと文字を追う乳母の指先を注視しながら、どこでどう声をあげればよいかをみんな覚え、やがて一人で泉亭の端や、村の後背の丘の稜線に積まれた石垣に腰かけてぶつぶつ呟くようになった。意味を知らない言葉の方が多かったが、それでも何か素晴らしいことが書かれているという確信があったので、吾輩の高揚感が減じるということはなかった。

とくに好きだったのは千夜一夜の夜伽話と、なによりもイスケンデル大王の冒険譚《ぼうけんたん》であった。かたや、この世の中心に鎮座するバグダードの都で編まれた物語、かたやそのバグダードの主となり、そこからさらに東方を目指した帝王の物語。しかも、このころの吾輩は故郷シュチパリア《アルバニア》を守った英雄であり——帝国にとっては大逆者だが——あの泉亭を遺してくれたイスケンデル《スカンデルベグ》と、古のイスケンデル《アレクサンドロス》大王の区別がついていなかったから、その愛着もひとしおであったものよ。吾輩はごく幼いころからイスケンデルとバグダードのどちらにも縁があったという次第。

ん？　紛らわしくて分からないとな？　まあ、もとより西方ではなく東方への憧れを抱いていた吾輩が、長じて我が友の背に乗ってアル・ワクワーク《倭》の国にまで赴いたのは、ひとえにイスケンデルという名に魅せられてのことと、そう納得しておけばよかろうて。

ところでな、吾輩が親しんだイスケンデル大王の冒険譚はどうにも奇妙だった。いや、その奇想を云々したいのではない。書物そのものが奇妙であったのだ。一頁につき十七対句《ベイト》の詩が記されておるからして、右列に十七、左列に十七――なるほど、近衛歩兵が教えてくれたとおりの文字の林なるものが合計三十四個、連なっておるわけだ。ここまでは良い。問題はその林を囲う黒い線だ。三十四の林からなる文字の森が、長方形の黒い線で囲われ、その外には親指二本分の幅の余白が広がっておるのよ。

「この長方形がなければもっとたくさん文字が書けるのに。なんでわざわざ長方形で区切ったりするんだろう？」

半扉《ムスラー》が詩の最小単位にして詩の小林であるというのならば、ぎゅうぎゅうに詰めて詩の森とならせばよい、と吾輩はしごく理性的に考えたものだ。

吾輩の兵隊稼業が幕を開けるのは、かくも高尚な疑問に頭を悩ませていた七歳の冬の終わりのことであった。手の皮がむけ腰の痛くなる収穫を終え、冬のための羊を屠《ほふ》り、内臓を膨らませて風船にしたり、二股の木に結わえた腱を引き絞って村で飼っている愚鈍な驢馬《ろば》に石をぶつけてからかったりしているうちに秋が終わり、雪が降りはじめた。降り積もる雪のさわさわという音に耳を傾けながら、吾輩は家で二冊の書物をためつすがめつして思索の日々を過ごしておった。その年はとくに大雪で冬が長くてなあ。いかに物語に耽溺してはいても、さすがに吾輩も家に閉じこもっているのには飽き飽きしたものだ。だからあの日、「沼地の氷が割れそうだぞ！」と小作人たちから盗み聞いた吾輩が、残雪と寒風も何のその、竹馬を小脇に抱えて年のころが同じ少年たちを引き連れて峠を越えた先の沼地へ出かけたのも致し方なしというものだ。

葉の落ちた木立の方で盛大な水音が響き、続いてぶるるん、ぶるるんというおぞましい唸り声が聞こえてきたのは、明け方に家を抜け出した吾輩らが、目隠し遊びをしようか、竹馬に乗ろうか、いやいや兵隊ごっこをしようかと相談して喚声を上げているさなかのことであった。すわ噂に聞く水の精霊か、沼の大蛇かと、竹馬を投げ出して逃げていく臆病な幼馴染どもを尻目に、イスケンデル大王から勇気の何たるかをすでに学んでおった吾輩は、きりりと木立の先を睨みつけ――断じて早駆けが不得意で置いていかれたのではないぞ！――愛馬ブークファールースに跨《またが》ったイスケンデル大王さながらに竹馬を駆り、沼地をずぼずぼと踏み越えて木立を目指した。さあ、行け我がブークファールースよ！　はいよう！

木立を抜ける直前、吾輩は竹馬からひらりと飛び降り、その足を槍の切っ先のように油断なく構えた。灌木の枝の間からこっそり覗くと、沼の中心に何やら黒い影が蠢《うごめ》いておるではないか！　凱旋する吾輩に浴びせられる配下の少年どもの歓呼の声を脳裏に聞きながら、竹馬を構えて一歩踏み出した瞬間、聞きなれた声が吾輩の耳朶《じだ》を打った。

「ぶるん、ぶるるるん！」

何のことはない、沼にはまった驢馬が一頭、泥まみれでばしゃりばしゃりともがいておるだけだったのだ。吾輩は拍子抜けしながらも、竹馬を反対向きにして驢馬の鼻面に差し出してやった。驢馬というのは鈍重で忠誠心には欠けるが、頭の巡りは馬よりもいい生き物だ。はたして、その驢馬もこちらの意図を瞬時に読み取り、がぶりと木の棒を食《は》んでぐいぐいと引っ張りはじめた。自分が沼に引きずられていくのも顧みず、愛馬を助ける帝王を見習いながら懸命に竹馬を引き寄せるうちに、黒い鬣《たてがみ》が水面から出てきて、やがてほっそりとした前足と、驚くほど逞しい後ろ足が姿を現した。ついに草地の上に立った驢馬は、盛大に身震いして泥を払ったが、股間には泥がついたままで雄か雌かまでは分からなかった。息を整え、真珠のように眩《まばゆ》い玉汗《たまのあせ》を拭った吾輩は、唇に三日月のように美しい弧を描かせながら、鈴の鳴るように涼やかなこの美声でこう尋ねたのだ。

「飼い主はどこだい?」

するると、驢馬はまるで行き先を尋ねられた逃亡兵のように怯えて後ずさり、威嚇するように鼻を鳴らしたのだ。思わず驢馬をまじまじと見つめてしまったのは、情けない話であるがあまりにも人間じみた態度にぞっとしたからだ。長い鼻面や切り株のようにがっしりした脚を覆う漆黒の毛並み、あるいは眠たそうな眦《まなじり》を見れば驢馬には相違ないが、首筋の毛は濡れそぼってなお優美な癖を失わずに輪になって巻き、立ち姿は荷運びや粉挽きをしてきたとは思えないほどしゃんとしている。背伸びして背中を見てみても、人を乗せたことなど一度もないとばかりに、瘤も傷もない美しい背《せな》が続いておるばかり。吾輩が帯代わりに結わえていた縄をほどいて大きな輪っかにしながら近寄っていくと、驢馬は構えるように前脚を持ちあげた。いまにもこちらを蹴っぽりそうな権幕に面食らった吾輩は、少し思案してから輪っかを地面に置いた。すると驢馬は一歩こちらに踏み出して、ぶるんと居丈高にひと啼きしおったのだ。阿呆の代名詞と言われる驢馬の癖に、やけに尊大な態度にはどことなく愛嬌があった。吾輩はやれやれと顔についた泥を落とすと、驢馬の下あごに手をかけてこう言った。

「よし、分かった。お前は今日から僕のものだ。そうだな、東の国を駆け回ったイスケンデル大王の愛馬にあやかり、ブークファールースと名付け——」

吾輩が言い終わらぬうちに、驢馬は盛大に涎を振りまいて後ろ立ちになり、ぶるぶるぶると吠えた。何が気に障ったものか、いまにも吾輩を蹴殺さんばかりの勢いと、東の帝国では雄牛頭号《オキュズバシュ》と呼び習わされるブークファールースさながらの巨体を前に、さしもの吾輩もたじろぎ、しかし慎重に竹馬を構えたまま距離を取ると泥濘《でいねい》を出て走り去った。

街へ着くころには日が傾いておった。なにせ吾輩は早駆けが不得意だし、後ろからたけり狂った驢馬が追いかけてきやせぬかと気が気でなかったから……いやいや、違う。さしもの早駆け得意の吾輩とはいえ、靴に入った泥が冷えて足が言うことを聞かなかったのだったな。いずれにせよ、街の上にたなびく夕餉の煙が見えたときほっとしたのは、まあ幼いころのことであるし恥ずべきことでもあるまいて。いずれにせよ、吾輩は意気揚々と村への坂道を下っていったものだ。なにせ、街の悪餓鬼どもから魔物が出たと伝え聞いた街の乙女たちが身を捩《よじ》って吾輩の身を案じ、その帰りをいまかいまかと心待ちにしておるはずだしな。

ところがどうだ、いざ街へ帰ってみると乙女はもとより少年たちの出迎えさえない。見れば領民たちが広場の泉亭の前に寄り集まっているではないか。ちょこっと腹を立てながら、それでも領主の息子らしく堂々と人々の輪を割って入っていくと、見慣れぬ恰好の男が吾輩の特等席である泉亭の敷石の上に立っていた。

「あら、坊ちゃん。語り部ですって。さっき、ひょっこり森の方からやって来たんですよ。笈《おい》も持たずにどうやって来たのかしら。でも良かったですねえ、新しいお話が聞けますよ」

いつの間にか傍《かたわ》らにしゃがみ込んで泥を払ってくれた乳母にそう教えられて、吾輩は胡乱《うろん》な眼差しでよそ者をねめつけた。ا《アリフ》とع《アイン》の音が混ざったような、「あ」とも「え」とも、「い」とさえつかない音が喉の奥でそのまま宙に消えていくかのような話ぶりも奇妙なら、その風体も負けず劣らず奇天烈である。脚絆を巻いて、だぼだぼの下穿《したば》きを幅広の帯でぎゅっと縛り、黄ばんだ肌着を何枚も重ねた上には茶色い革の袖なしの胴衣しか着ていないのだけれど、青と白の魔よけや、赤やら橙《だいだい》やら黄色やらの飾り紐がそこらじゅうに縫いつけられていて、乳母の言ったとおり笈一つ、手提げ一つ持っていないというのに、そのくせ山歩き用とは思えない足の長さほどのか細い杖を左手に握っておる。まっ黒で豊かな髪の毛は剃毛前の山羊よろしく無精髭の浮く頬にだらりと垂れ下がっていて、どうにも清潔感がない。驢馬のような面長《おもなが》な顔に大きな鼻、半開きの唇から覗く臼歯——まあ、つまるところ汚らしい流れ者には違いないのだけれど、新月の夜の沼のように光沢のないまっ黒で大きい瞳が、その語り部からおおよそ卑しさというものを帳消しにしていた。そして、おせっかいな乳母に押し出されて一歩踏み出した吾輩を見て、語り部はやや緊張したように耳をぴくぴく揺らしたのだった。

◆

集会所でイスケンデル大王の物語を語った翌日、私と少年は村の背後の丘まで登り、背の低い崩れかけの石垣に並んで腰かけて、東の樹海を見下ろしながら昼飯を食べていた。私がいささか以上に緊張していたのは、昨夜、夜遅くまで艶談をせがまれて寝不足だったのもあるし、こんなに長くひとところに留まるのが初めてだったことにも起因するのだろうが、そもそも二本足の子供というものへの潜在的な恐怖心によるところが大きい。「二本足の幼子には近づくな」——我が一族の者であれば、文字を習うより先に教え込まれることだ。この小さな生き物は何かあるとすぐに人にべたべた触りたがるから、びっくりした拍子に耳や尻尾が飛び出てしまわないよう気を張るべし、と。畢竟、私がこれまでずっと山や森を伝って僻村を経巡りながら糊口をしのぎ、よしんばどこかに軒を借りたとしても三日が精々という旅の空で暮らしてきたのは当然の帰結だ。だから、この私が二本足の、よりにもよって子供なぞと肩を並べるなど、本来であればあり得ない話なのだ。

それでもなお、私が少年の誘いに応じたのは、昨晩彼の瞳を見たときに心の中を吹き抜けていった得体の知れない感覚がしこりのように残っていたからだ。宵闇の集会所の暗がりにあって、なお星明りを映すかのように揺らめき、いま昼の日輪に照らされればいかなる闇も穢れも寄せ付けまいとする銀鍍金のように煌めき、そのくせいつもその水底から神秘的な淡い光を放つ透明な泉。私はこの瞳を見たときの不可思議な気持ちの正体を突き止めなければならないという使命感に突き動かされるまま、ここにいるのだと思う。

とはいえ、人とこんなに近くで交わったことのない私には、くるくると変わる少年の表情も、その言葉も——たとえ無邪気な好意に溢れていたとしても——少し鬱陶しかった。そして、少年は私の葛藤など知らずに、いまも延々とイスケンデル大王のことを捲《まく》し立てている。

「こうして、影に怯えていることに気が付いたイスケンデルは、愛馬ブークファールースの漆黒の鬣《たてがみ》を撫でてね……」

「済まないが、私の前で馬の話は遠慮してくれないか」

ついに我慢できなくなって私がぴしゃりと言うと、少年は驚いたように目を見開き、やがて下を向いてしまった。私は居心地の悪さを誤魔化すために耳を引っ張りながら樹海に目を戻した。太陽が長い冬の鬱憤《うっぷん》を晴らそうとしているのか、このところは暖かい日が続いていて、森のとば口まで下っていく丘陵のそこかしこに積もった雪の間からは気の早い緑色の下草が顔を覗かせ、その白と緑のまだら模様の丘陵は黒ずんで汚らしい炭焼き小屋の向こうに点在する木立を抜けて、その先の樹海まで続いている。私の視線に気が付いた少年は、思い出したように膝の上の二冊の書物を開いて私を見上げた。

「そうだ、この本のことを教えてほしかったんだよ」

きらきら輝くその瞳に呑まれないよう、慌てて小さな手から書物を受け取ってぱらぱらと捲《めく》ってみた。私が故郷の図書館で耽読したものとは似ても似つかないざらついた紙、粗悪な糊を誤魔化そうと力ずくで押し綴じられた装丁。ただでさえ墨の乗りが悪い粗い紙のくせに、さらに墨代さえ惜しかったらしく、優美さの欠片《かけら》もない下手な字はかすれてひどく読みづらい。

「昨日聞かせたイスケンデル大王の冒険譚だ。これはいまから五百年ほど前にペルシアの国で書かれた版だな。『王書』といって、ペルシアの国で一等長く、一等美しい物語の一部だ」

こくりと頷いた少年の細い指が持ち上がって、やがて頁に引かれた枠線の上でぴたりと止まった。

「何度読んでも、どうしてこんな長方形が並んでいるのか分からないんだ。だって、これがなければ、もっとたくさん文字が書けるじゃない？　ということは、イスケンデル大王はもっともっと東の国へだって遠征できたはずなんだ」

いかにも、田舎貴族の子弟らしい無教養な誤解だった。「長方形」などという難しい言葉を知っているというのに、物語のしかるべき様式のことはさっぱり理解していないのだから。少年の指が示す黒い線は、なるほど見た目は長方形の囲いに見えるのだけれど、この黒線を長方形のごとき幾何学の言葉で呼ぶのは大間違いもいいところだ。

「これは枠線と呼ばれるものだ」

少年は親指の爪を軽く噛みながらじっと書物の頁を見つめた。

「……意味があるの？」

「意味のないものを神はお創りにならない」

その眉間に刻まれた少年には不釣り合いな皺を見ても、私は驚かなかった。田舎貴族が作らせたこんな安物の写本だけ見ていては、気が付かないのも無理はないからだ。しかし、紛《まが》うかたなくこれは境界線なのだ。この世界と物語の世界の間を分かつための。いま、この枠線の外側にはまっ白いだけが取柄で、張りのない商売女の肌のように素っ気ない余白が広がっているが、これはあるべき姿ではない。本当はここに青や赤、黄色、緑、それに金泥で塗られた縁飾りがくまなく施されるべきなのだ。縁飾りを埋め尽くす山川草木《さんせんそうもく》、散房花序《さんぼうかじょ》――そう、頁の外から枠線の縁まで広がるこの余白には、現実の世界と物語の世界を隔てる密林が鬱蒼と生い茂っていなければならない。――ああ、そこのカウンターで管を巻く草臥れた二本足と同じようにこうのたまう者もいるだろう。「でも、ただの線だろう」と。否。断じて、違う。紙と文字と罫線で出来ているからといって、物語が記された書物を帳簿やら辞書やらと一緒くたにしてはならない。この枠線の向こうに記される文字の連なりは、虚構であってもなお、人の子が生み出した点で現実であり、しかし物質的な現実を越えてある一つの神秘によって束ねられ、あらゆる被造物の五感と知性を震わせる別の位相にも併在するのだ。もし、物語が人の世の理《ことわり》の外に根差すものだと示さなければ、それはただの嘘になってしまう。そして、神は嘘言を許さない。だから、安物の紙に定規でぞんざいに引かれただけのこの黒線にしたところで、これはこれで立派な物語と現実の世界の国境線というわけだ。

「じゃあ、その意味は何?」

「この枠線は物語の世界と現実の世界を分ける国境線だ。本来はこの枠の外に草木が描かれた密林が広がっているべきで――」

少し焦《じ》れたような声に――少年は神学が大嫌いだった――私は君たちにしたのと同じ話を繰り返した。

「ふうん、物語の国境に広がる密林ねえ……。それを越えた先が物語の世界ってわけだね」

私が頷くと、少年は枠線の外の余白を指でなぞってから、石垣の上に置いてあった千夜一夜の夜伽話を取り上げた。

「でも、こっちの千夜一夜の夜伽話には枠線なんかないよ？　これも物語でしょう？」

彼の瞳が爛々と輝いていたからだろうか、教師の間違えを自信満々で糺そうとする生意気な神学生のような嫌味さは不思議と感じられなかった。

「枠線は必ずしも目に見えるものではない。それに、その写本には最初のところが抜けている。船乗りシンドバードの話、せむし男の話、女どもの腹黒さの話——君が好きだと言っていたそれらの物語はさる高貴なお方、いまでは物語の支配者におなりのシャハラザード姫がシャフリヤールという愚かな王に毎晩語り聞かせただけで、もとから纏まった物語であったわけではない。しかし、お二人が結婚したのち、国の年代記作家に命じて三十巻の書物に仕立て、千夜一夜の夜伽話という名前をそこに付してしまった。その名が枠線となっている」

少年は思案顔で首をひねった。

「……千と一夜なのに、二千も三千も物語があったら間尺が合わないだろう？　だから、その物語が千と二夜目を迎えることは決してない。あらゆる物語は、いかに抽象的であれ、題名を付したその瞬間から、つまるところその題名によって縛られ、この世と物語の世界の境界がおのずと定められる」

大人びた表情で考え込む少年をちらりと見てから、私は大森林に目を戻した。私たちの座る丘から下っていく赤茶けた道は、折からの春風に煽られてざわめき立つ密林に飲み込まれでもしたかのように、そのとば口ですっぱり途切れていた。少年がようやく口を開いたのは、たっぷり聖典の第一章を詠むくらいの時間が経ち、葉鳴りの音が収まってからのことだった。

「枠線が境界──知ってる？　この街の境界はこの石垣なんだよ」

少年はそう言って石垣を叩いた。

「そしてこっち側から先はウスギュプ《スコピエ》にいる帝国の太守の土地だそうだよ。つまり、あなたの言う枠線が、ここではこの石垣ってことだね」

少年はひょっと石垣から飛び降りて軽やかに草地の上に着地すると、私を振り返った。

「その枠線の外……いや中なのか？　とにかくその向こう側へ行くにはどうすればいいの？」

物語の世界へ行く術？　考えたこともなかった。私は一言一句過たずに諳《そら》んじている物語を──私は忘却するということがないのだ──頭の中で瞬時に検《あらた》めてから答えた。

「枠線の向こうへ至る方法を、いまだかつて獣や人間、それに精霊や悪魔が見出したという話は聞いたことがない」

それは厳然たる事実だ。事実ではあるのだが、少年の瞳に差した翳りはなぜかその事実ではなくて私の無知を詰《なじ》るように揺らめいていた。

「……だが、物語の組成というものを解き明かせば、あるいは」

少年は石垣の上にぴょんと飛び乗ると胸を張って答えた。

「それなら知ってるよ。視覚、聴覚、触覚、味覚、嗅覚、そして知性の六つでしょ」

「間違えではないが、六つというのはおかしい。創造は七日間で成った。天は七層、地獄も七層、そしてこの世もまた七界から成る。この世のすべては七つのものから出来ている。だから、物語を生み出す想像《ムハッツィル》や創造《ムサッヴィル》もまた、七つの工程を経なければ成らない」

「じゃあ、あと一つは?」

少年がそう尋ねた瞬間、ふいにごうっと音がした。ふたたび押し寄せた葉鳴りの音の中で、少年のやけに静かな口調は澄んだ水のせせらぎのように響いた。私が両腕で身体をかい抱いたのは、決して自らの浅学を恥じてのことではない。ただ、ひどく風が冷たく感じられただけだ。ところが、少年は柔肌に鳥肌一つ立てず、まるで風など吹いていないとばかりに森の先を見つめて不敵に微笑むと、葉鳴りと一緒に飛んできた枯葉をぱっと摑んだ。

「あなたは知らないんだね」

繰り返しになるが、私は物事を忘れるということがない生き物だ。しかし、それでもなおあの日の光景は他の記憶とは比べ物にならないほどの鮮明さで、いまでも眼前に蘇る。

地平線の先まで続く黒々とした密林を背に、巨大な雲が流れる蒼穹を戴く少年。雲間から預言者の天馬のように差し下ろした光に照らされて、俄かに薄緑色に色づいた森の海。そして、境界の少しだけ向こうに立つ少年の顔の中で、こちらをじっと見つめる瞳。私をして、自分でも思いもよらない思いつき——いや、悪夢だろうか——を彼に吹きこむことになった光景だ。

「……この世がただ一方、神の思い描かれた物語であるのなら、どこかにその果てというものが存在するかもしれない。しかし、その一方で神は唯一にして全能でもあるから、神に限界を設けるなどという異端にとりつかれた者は少ないし、実際にそれを行った者も数えるほどしかない。まして、行って帰って来た者となると、私の知る限り一人しかいない」

「……誰？」

おそらくその答えを知っている少年に律義に答えを返したのは、自分でも確認したかったからだと思う。

「世の最果ての探索者となり、この世の僻遠を取り巻くクーフ山のふもとまで至ったイスケンデルだ」

少年は頷きながら手の中の枯葉を一瞥して「大椛《おおもみじ》か」と呟き、それを粉々に握り潰すと風の中に放って、にんまりと小憎らしく笑った。

「ようは、イスケンデル大王のようにこの世の果てまで征服すれば、答えが分かるってことだね」

こともなげに軽やかな声音でそう言った少年は、興味を失くしたように私から視線を外して、眼下に広がる東の樹海の先をしっかと見つめた。

さきほどまで薄緑色と群青色をかき混ぜた墨流しのようにざわめいていたはずなのに、いまは帝王を迎える絨毯のように、静かな緑色の海が広がっているだけだった。私は珍しく――本当に珍しいことなのだ――笑みめいたものさえ浮かべながら、少年の肩にそっと手を置いた。

「手伝おう」

■彼

「かくして生涯の命題を得た吾輩は、故郷の鄙《ひな》びた村をあとにして、血湧き肉躍る冒険の旅へ出たのだ。目指す先は――」

従弟が陶然としながら細い杖を振り上げた瞬間、友人が「おあいそ!」と声を張りあげた。店主と壇上の従弟、それに彼は眉をひそめて睨んだが、友人はイスケンデルの二本角さながらに頭の脇に人差し指を立てて見せ、申し訳なさそうに「かみさんが妊娠中だからさ」と言い残してそそくさと帰っていった。もう一人残った友人は、自分で金をかせぎ始めてこの世の仕組みをほどほど理解しつつある人間特有の節度を守って愛想笑いで友人を送り出したが、彼は憮然としたまま従弟に声をかけた。つまり、見知らぬ地名ばかりの話に付いていけないからと、少年の出身を尋ねたのだ。彼にしてみれば、物語に幕間という中断を設けないために手を差し伸べたわけであるし、友人たちに合わせた大人の態度というやつを繕ったつもりでもあった。ところが、答えは従弟ではなく店主の方から返ってきた。

「お前さん、人の舞台を邪魔しちゃいけないよ」

店主は太鼓腹を背景にするとやけに小さく見えるビールジョッキを、まるで境界石か何かのようにカウンターにどんと置いた。

「あんたの居場所はそこの客席。従弟殿はあのしみったれた舞台。そう決まってるんだ。いまのあんたはステージに上る気もないし、従弟殿だって当分、そこから下りて来んだろう。ものごとには境界線ってのがだなあ……」

彼が顔を真っ赤にしてそっぽを向こうとした瞬間、「おほん！」という咳払いが聞こえた。見れば、従弟がまるきり老兵のように謹厳な面持ちで虚空を見つめていた。

「うおほん！　そこな異教徒よ。無礼の段は特別に許して進ぜよう。どうやらそなたはこの舞台に上りたいようだな？　もしその気があるのなら、吾輩が先ほど語り部に問われた命題に答えてみよ」

彼が首をかしげると、従弟は胸の前でお椀みたいに重ねた掌を天に向けて深々と溜息をついた。

「神よ、記憶力なき異教徒に慈悲を垂れたまえ……。物語の身体は七つのものから出来ておると、教えられたであろうが。視覚、聴覚、触覚、味覚、嗅覚、そして知性。では、もう一つ、何が欠けていると思う?」

彼も蜘蛛の巣の張った店の天井を見上げ、むかし大学で習った知識を総動員しながら地水火風《ちすいかふう》空識大《くうしきだい》などと数えてみたけれど、さっぱり分からなかった。

「天は七層、地は七界、海も七なら暦も七。神はことのほか七を好まれるのだ……」

彼が思案顔で指を折る間にも従弟の説教じみた講釈は続いている。彼に先んじて友人が「好奇心?」と答えると、応《いら》えに二つの声が重なった。

「そんなものは犬畜生にも備わっておる」

「悪くない。好奇心こそ冒険の糧だ」

無論、前者が従弟で後者が店主だ。仲のいい兄弟のようなその様子に励まされ、彼もまた『感情とか?』と口にした。

「悪くない」

「大外れ!」

ふたたび顔を見合わせた二人は、なにやら言い争いをはじめた。店主の大きな鼻の穴から腹立たしげに噴きだされた紫煙に目をしばたきながら、まだ若かった彼は『それで答えは?』とせっついた。すると二人は、まるで馬のように揃ってぐりんと振り向いてから、ふたたび顔を見合わせた。やがて彼に向き直ったのは律義に少年を演じ続ける従弟の方だった。

「もし、ここが佳人のほくろのようにまん丸な明り取りが夜空の星のごとくに無数に穿《うが》たれた円天井を戴き、そこから月光の束が清らなる小滝《こたき》さながらに流れ落ち、色とりどりの花々を象《かたど》ったタイルが隙間《すきま》なく並んだ壁に囲われ、下草の代わりに緑と藍にバラのような赤が縫い取られた絨毯が敷き詰められた、天の園もかくやという佇まいを見せる大帝都の宮殿か、さもなければ諸宰相がたの屋敷の客間であったなら、吾輩も相応の言葉づかいでへりくだり、手がかりの一つも漏らそうぞ。しかし、煙草のやにが染みついて、雨の度に湿気《しっけ》ては異臭を放つ垂木から蜘蛛の巣が下がり、木板の内貼り一つない打ち放しの石壁にはヤモリが這《は》い、床にはいつのものとも知れない酔漢のげろと、ゴミを食《は》む汚らしい豚のうんちが詰め込まれていた腸にあの水死体みたいな薄い色の肉の千切りを詰め込んだ腸詰のかけらがこびりつくこの世のごみ溜めで、しかもお前ら――失敬、貴様らのような有象無象の民草を相手にするのになぜ、最初から答えを教えてやらねばならんのだ?」

従弟はそう言って擬宝珠みたいな兜を一つ叩くと、緋色の飾り紐をぶんぶん振りながらホリゾント幕の向こうへ戻っていってしまった。彼は肩をすくめた店主の責めるような眼差しと、こちらの肩に手をかけた友人の気遣わしげな視線の両方に耐えかね、蚊の鳴くような声で『おあいそ』と呟いた。

●少年

足が痛い、潰れたマメがひりつく、肩が上がらない、手に力が入らない、刈られた頭がすうすうする——緋色の戦衣を着た男たちに挟まれて山道を歩かされながら、吾輩は内心で延々と毒づき、ひと月前の出来事を思い返していた。

徴発隊がやって来たのは語り部が去ってから二週間ばかり後のことだった。最後の残雪を溶かす風の心地よさに目を細め、それが吹き下ろす東の丘にふっと目をやると、深緑色の木立の向こうにちらりと光るものが見えたのだ。はてと思って手で庇を作ると、風になびく連隊旗が丘の向こうから姿を現した。緑色の細い糸杉の木型がそそり立ち、その左右に一頭ずつ、糸杉を見上げるようにして竜が並んでおった。それに気が付いた住人が大慌てで教会と父上のお屋敷に走っていく間にも、稜線からは三日月と星を縫い取った緋色の旗印が、ついでとんがった兜と小銃の列がにょきにょき生え、ちょっと待っていると緋色の長衣の鮮やかな色彩が顔を覗かせた。ひとたび峠の頂を越えた徴発隊は、みるみる間に早駆けで近づいてきて、村の鐘楼から鐘の音が聞こえてくるころにはすぐそこまで迫っていた。

街の広場に整列した徴発隊は四十人ほど。真ん中で一人だけ馬に乗って、編み上げた揉み上げを垂らし、頭の上に他の者とは違う白い羽が立った兜を載せているのが隊長のようだ。ほかの兵隊が妙に緊張した面持ちで緋衣の中で縮こまっているのと大違いで——いまの吾輩には分かるぞ、徴発に行った先の村人がいまにも襲いかかって来そうな気がするものなのだ——その隊長は堂々と馬に跨って「銃弾も矢もわしには当たらん」とばかりに胸を張り、縁に金糸が縫い取られた飾り袖をたなびかせていた。

やがて必死の形相で駆けてきた父上は、息を整える間も惜しんで肘を抱えるようにして胸の下で両腕を組むと、そのまま地面に膝をついて何事か申し開きをはじめた。興味がなさそうに耳を傾けていた隊長がすっと右手を上げると兵士たちが村に散っていって、やがて真っ青な顔色の父上の前に子供たちが並ばされた。ようやく口を開いた隊長の第一声は、確かこうであったな。

「領主殿、健康な者を教えてはくれないかね？」

敬愛すべき父上が力なくふるふると首を振って両手を広げて許しを請うと、隊長は二人の従卒を振り返った。

「ではお前たちが選べ。人数は……」

隊長は言いよどむと、ドングリを齧《かじ》るリスみたいにぷるぷる震える父上を一瞥した。父上はがっくり肩を落とすと、膝摺りで進み出て、大して重そうにも見えない金子袋《きんすぶくろ》を手渡してからふたたび頭《こうべ》を垂れた。

「……六人でよい」

当時の吾輩には非道の限りと思われたが、略奪も焼き討ちもなく、しかもあの程度の銀貨で六人まで負けてくれたのだから、この隊長は慈悲深いと言わざるを得ない。もう少し東のマケドンヤとかブルガリスターンとかの村であれば、むしろ我が子の出世の好機とばかりに親たちが進んで次男坊、三男坊を差し出すところだけれど、帝国の属州になってほんの十年の我が故郷ではそうも行かぬから、季節外れの徴発を命じられたこの隊長も、きっといやいやながらにやって来たのであろう。それにしても、いったい誰があんな辺鄙な村——いや、街に、わざわざ一小隊も送りこんで来たものやら。いまでも皆目、見当がつかぬのよ。

さて、実直そうな金髪の若い従卒が、子供たちの肩や太ももをぱんぱん叩いたり、口を開かせて歯やら舌やらに黒ずみがないか調べたりしながら連れて行く子を選びだす傍らで、もう一人の面長な従卒は何かを探すように子供たちの間に視線を彷徨《さまよ》わせておる。まるで驢馬みたいに不細工な男だなあ——列には加わらず、広場の一番隅に立っていた吾輩がそんなことを考えていると、唐突にくるりと振り向いた面長の従卒と目が合ってしまった。しかも、そいつはやけにとがった耳をぴくぴく震わせながらこちらに近寄って来るではないか。吾輩の目の前で足を止め、表情のない顔の口許だけ吊り上げたその笑みの不気味さと言ったら！　もっとも、兜の陰になって顔の見えない隊長は、首根っこを摑まれて引きずられてきた吾輩を見て、一瞬だけ戸惑うように首を傾げてから、こう言ってくれたのだがな。

「そなたは……。いや、こんなちび助ではなく、もっと身体の大きくなりそうな子か、早駆けの得意そうな子を選びなさい」

吾輩はほっと胸を撫で下ろしたものだ。ところがなあ、あろうことか従卒めがとんでもないことを言いだしたのだ。

「いいえ、アフメド隊長殿。さきほどから見ていましたが、この少年は大層利発そうですし、教えずとも帝国の言葉が分かるようです」

従卒は「任せておけ」とばかりにふたたび唇を歪めて吾輩を見下ろした。これで笑顔のつもりらしい。

「ほう？」

髭を捻りながら吾輩をじっと見つめた隊長が何か思い付いたように手を打つのと同時に、もう一人の従卒が戻ってきた。

「五人選びました。あと一人ですね」

驢馬《エシエク》のように間抜け《エシエク》な奴だ！　ついでにもう一人も選んでしまえばよいものを！　吾輩の心の叫びなど露知らず、鷹揚に頷いた隊長は手に持っていた鞭をぴしりと鳴らして、自分の背後にそびえ立つ泉亭の銘板を指した。

「童よ、これを詠んでみよ。うまく詠めたら考えてやっても良いぞ」

無論、吾輩はぱっと目を輝かせて、言われたとおりに、いや求められた以上に堂々とイスケンデルの詩を詠みあげてみせたものだ。――ああ、まったく馬鹿なことをしたものだわい！

「あっぱれ！　お前はあのときわしが教えたことを忘れなかったのだな！」

鈴の鳴るようなこの美声に聞き惚れていた隊長は満足そうにもう一度頷いて、吾輩の頭を優しく撫でてくれた。下から見あげた兜の中には、はたしてあの日の人のいい近衛歩兵の顔がはまっておった。吾輩のついた安堵の吐息が天に向かって昇って行くのも待たずに、あろうことかアフメド殿はこう宣言したのだ。

第二夜

■彼

「ようしよし、帝都へ着いたら教練とは別に内廷の授業にも参加させてやろう。必ずや立派な近衛歩兵に、そして稀代の詩人になるのだぞ！」

死ぬまで、いやおそらく死んでもなお、お気楽に昇天していったであろうアフメドの言葉に続き、少年を見舞った紆余曲折についての彼の記述はかなり微細なものだ。大森林を避けて峠道を縫い、見たこともない薄緑色の灌木と白い荒地の続くユナーニスターン《ギリシア》を抜け、ついに嗅ぎ慣れない潮の香りに包まれた大帝都の三重城壁をその目に収めた感動、幼年兵の兵舎で延々と早駆けやら、行進やらをさせられた苦労、幼年兵同士で睦みあった悦楽、命を救った生意気な後輩を副官に取り立ててやったときに捧げられた忠誠への戸惑いと愉楽――しかし、彼がもっとも気にかけたのは離宮で学者や詩人たちから少年が受けた手ほどきの数々だったようだ。物語の初めは無知でひ弱な主人公が、水に浸した海綿のように知識や技術を吸い取り、やがて驚くべき心身の自在性を獲得していく痛快さが、彼に学生時代の高揚感を思い起こさせたからなのかもしれない。少年が挫けそうになれば応援し、御大尽《おだいじん》の毒牙にかかりそうになれば息をつめ、ついに戦場に立って功を立てれば手放しの喝采を送った。彼が我がことのように少年の道程に一喜一憂するうちにも、はじめのうちこそ付き合ってくれていた友人たちの足はいつしか店から遠のいていったのだけれど、このころの彼にはまだ、孤独へ続く暗い隧道《すいどう》を歩いていることを気にする様子はない。それどころか『この暗い隧道の先には非凡な者しか辿りつけない何か美しいものがあるように思える』と、誇らしげに書いているのだ。

　彼の日記によれば、遥か彼方の帝国の少年の成長するさまをまるで見てきたように語る従弟が、もしかしたら本物――というよりも本物の人間ではない何かなのではあるまいかと疑い出したのはこのころかららしい。そして、これは彼にとって殊の外心地よい考え方だった。なにせ、月並みというものをひどく蔑み、就職さえ忌み嫌って原稿用紙の前から世界を変えようと目論む彼であったから、友人たちがこの店を去って家族や仕事という現実に戻ることでその凡庸さをさらけ出し、その一方で、この店に残って人ならざるかも知れない者たちの物語に耳を傾ける営為そのものが、彼自身の特別さを保証してくれるように思えたからだ。しかし、自らの誇りと矜《きょう》持《じ》を他者に託した彼の高揚感が長続きするはずもない。そして同じことは、ペルシア遠征の詔《みことのり》が下されたころの少年にも言えるのだった。

●少年

「隊長殿、赤頭《キジルバシ》どものお出ましですぜ！」

正面に鎮座する冠雪をいただく高嶺を眺めていた吾輩の横で、黒い飾り袖を無様にばたつかせる副官が風に負けじとだみ声を張りあげた。なにも、こんな荒野にまで伊達者気取りの長たらしい飾り袖なんぞ羽織って来ないでもよいものを——そんなことを考えながら、ごつごつした岩と根雪が綾のように連なる山肌から視線を下して山のふもとに目をやると、ひときわ大きい天幕の前で確かに動きがある。吾輩は陛下の大天幕の方をちらりと見てからペルシア方の陣地に視線を戻した。

朝露を反射してきらきら光る緑野のずっと向こうに、白くて丸い、珍妙なペルシア勢の天幕が連なっておる。兜のように屹立する我が帝国の天幕とは大違いで、なんとも見栄えが悪い。

「丸椀をひっくり返したみたいな天幕だな。きっと中身もヨーグルトみたいになまっちろいに違いあるまいて。しっかり平らげてくれようぞ！」

吾輩の揶揄に部下たちがうへうへと笑い声をあげた。さきほどまで緊張したように一直線に揃っていた小銃の先が楽しそうに揺れるのを見届けた吾輩に、掌で庇を作って目を細めた。わらわらと先のひょろ長い奇体な赤い帽子に白い頭布《とうきん》を巻きつけた騎兵たちが大天幕の両側に集まって、やがてぴたりと整列しおった。ううむ、馬たちが微動だにしないのだから、なかなかの手練《てだ》れだ。部下たちにもそれが分かるらしく、揃って天を向く銃口は強風の中でふたたびぴたりと止まってしまった。

「あんな長細い帽子を被っても、ちびが隠せるわけでもねぇのになあ」

副官が軽口を叩くと、ふたたび部下たちの銃口が揺れた。満足げに頷いた副官が敵陣を指さした。

「隊長殿、おかま野郎のおなりですぜ」

見れば大天幕の御簾《みす》が恭《うやうや》しく上げられ、まばゆい白馬と白い陣羽織に身を包んだ騎者が姿を現すところだ。赤頭どもがその白い影を取り囲んで、こちらに向かって真っすぐに駆けはじめると、吾輩のすぐ左手にしつらえられた大天幕の前にいらしたセリム陛下が悠然と馬の腹を蹴った。

かくして、吾輩を含む近衛歩兵の将官や騎兵の長たちは、陛下に従って一糸乱れぬ見事な隊列を組み、チャルディラーンの野の中ほどに張られた会見場を目指したのである。長い飾り袖を踏まぬよう、器用に駆ける副官にこっそり助けられながら五分ほども早駆けすると――恥を忍んで告白すれば、神は吾輩に早駆けの才を与えて下さらなんだのよ――前もってペルシア勢が草の上に敷いておいた豪奢な絨毯が見えてきた。緑野に唐突に現れた天の園の欠片のような見事な絨毯にやや気おくれしながらも、吾輩はえいやと土足で上がりこみ、敵の王に目を向けた。

異端者ペルシア人たちの王は、遠目にも一見して知れる美男子であった。白くて細い顔立ちを邪魔せぬよう、ぴんと先のとがった顎鬚以外はたくわえず、少ししかめた眉が、ともすれば舐めてかかられるであろう美しい面《おもて》に怜悧で近寄りがたい印象を与えている。

「なるほど、男好きの赤頭の騎兵どもが心酔するのも無理はない」

吾輩の隣でいまや歩兵連隊を束ねるようになったアフメド殿が呟いた。同郷のよしみで軽口を返そうとしたとき、陛下が何の前触れもなく下馬なさったので、吾輩らも慌てて小銃を立てて顎を引いた。勝者は騎乗して、敗者は下馬して相対《あいたい》するのがバグダードに都したアッバース朝より続く礼儀なれど、豪胆な陛下は儀仗などいっかな気にかけないのだ。

絨毯の中央に進み出た陛下は、羽ばたく鷹のように峻烈な口髭の下で唇を緩められ、しかしいついかなるときも決して笑うことのない黒い瞳でひたと敵の王を見据えられながら腕を組まれた。白馬に乗ったペルシアの王もくいっと小夜啼鳥《さよなきどり》のくちばしのように小ぶりな頤《おとがい》を持ち上げ、あくまで優美に下馬すると白い外套の裾を払ってつかつかと歩み寄ってくる。

見渡す限りの緑の野、下草の間からは白いアヤメの花が恥ずかしそうに様子を窺い、天を舞う猛禽たちも興味津々とばかりに吾輩らの頭上で輪を描く。地にはこの世で最も優れたペルシアの職工たちが編んだ絨毯が敷かれ、野の真ん中に居並ぶ両軍の高官の色とりどりの豪奢な礼服が墨流しの飾り紙よろしくそれを取り囲む。まさに東と西の世界を分かち治むるお二人の帝王が邂逅するにふさわしい舞台とは思わぬか？　無論、お二人の帝王は互いに名乗りなど上げず、ただ軽く頭を下げるのみ。わざわざ名を言わねばならぬのは卑しい身分の者だけなのだ。敵と見《まみ》えるおり、その勇名に気おくれさせてはならぬと名乗りを控えた大勇者ロスタムのようではないか！　敵将を前にしてなお鼓動一つ、気息《きそく》一吸い早くはならぬ陛下の落ち着きたるや！　緑野の中央で相対する勇者ロスタムと戦士ソフラーブ――いやいや、イスケンデルとダーラー《ダレイオス三世》の似姿を見守るうち、感極まった吾輩の目尻に涙が滲んだのも無理からぬ。

やがて、黙ったまま立ち尽くしていた陛下が右手をついと挙げられた。吾輩は慌てて涙をぬぐうと、背後に控えていた貴婦人を振り返って前に出るよう促した。頭からつま先まで黒布をかぶってはいるが、その間からこぼれた大きな黒目や鸛《こうのとり》のように真っ白で優美な手首、そして鶴のようにしなやかな歩運びを見れば、この方が絶世の佳人であるのは明白。それもそのはず、この手弱女はこの世でもっとも高貴な血族の一つに連なり、ペルシア王の一番の寵愛にあやかる姫君なのだ。吾輩を追い越していこうとする姫君を手で制したときに、うっかり触れた二の腕の柔らかさといったら！　思わず乱暴に握りしめたくなる衝動を抑えてちらりと前に目をやると、もとから剣呑《けんのん》に歪められていたペルシア王の眉間に一層深い皺が寄っておった。吾輩は焦りが顔に出ぬようゆっくりと手をひっこめると、姫君を連れて帝王の対面する将卓に歩み寄った。いまからこの女をかけての正々堂々の大勝負が行われるのだ。世の西のルームの地を統《す》べる陛下と、世の東を占拠するペルシア王――お二人の帝王の姿は、必ずや英雄たちの物語の一つに加えられ、世界の四方《よも》に語り伝えられるに相違あるまいて！

□黒い飾り袖の副官

俺たちのすぐ前で腰に手を当てて、偉そうに顎をそらしてるペルシア王は、不機嫌そうじゃあるが、まあ落ち着いて見える。でもよ、目の前で寵姫を奪われたんだから内心が穏やかなはずもねえよ。猫の尻尾みてえになよやかな手がぎゅっと握りしめられてんのを見りゃ一目瞭然さ。その後ろに雁首並べて、このおかま野郎が終末の日に再臨する救世主様に違いねえなんて信じこんでる赤頭《キジルバシ》の騎兵どもは「我が君は屈辱に耐えておられる」とでも思って目頭を熱くしてんだろうけどおあいにく様、そいつは勘違いさ。こいつは緊張しているだけだよ。

「ふむ、緊張にせよ、羞恥にせよ、何かの苦しみに耐える優男というのは、それだけで艶めかしく、一幅の絵のようだ。なあ?」

俺の一列前でアフメド連隊長殿がうちの隊長に呑気に話しかけてるけど、見ろよ、あいつの瞳を〜。星の光を吸い込む底なし沼みてえな気味の悪さじゃねえか。これならうちの隊長殿の方がずっと男前さね。

そうさ、うちの隊長と来たら、本当に大したもんなんだ。騎兵が一騎駆けしてくりゃ、面倒臭えってなもんで名乗り返しもせずに百アドゥムは離れたとこから撃ち倒すくせに、円匙《えんぴ》を握りゃあまるで蟻んこみたいに律義に城壁の下を掘りぬいちまうし、腰抜けのアヴストゥルヤ《オーストリア》人の槍《やり》衾《ぶすま》がずいずい押しでてくりゃ、精霊みてえに小狡《こずる》く火薬の樽《たる》を転がして吹っ飛ばしってな具合でよ。……まあ騎兵を挑発したのも、攻城櫓の上で生きたまま焼かれるのは嫌だって泣きついたのも、木立の中の槍兵に気づかず突っ込んでったのも、みんな俺なんだけどさ。

そりゃともかく、この人がこうさ、塹壕《ざんごう》の縁《へり》に足をかけて兜の羽飾りと、他の連中よりちょっと長い飾り袖を風にばさばさ靡かせながら腕組みでもしようもんなら、幼年兵たちは拍手喝采、気位のお高くていらっしゃる騎兵連隊の連中でさえ突撃の駄賃にわざわざ馬を止めてピアッフェしてみせたもんよ！　塹壕の中で縮こまって、その雄姿を見上げながら俺は思ったね。いつかこの人と肩を並べるような凄え近衛歩兵になって恩返しして差上げるぞってな。だから俺は、この人よりももっと長くて、しかも黒くて目立つ飾り袖を特別に誂えさせたってわけさ。なんでも恰好よさってのは大事だからな！

でも、いまみたいに隊長殿がアフメド殿と絡んでミヤビやらシやらの話をはじめると途端にちんぷんかんぷんなんだ。それが俺はちょっと寂しくてよ。いまだって、隊長殿はなんでだか涙ぐんで──ほんと、なんでだ？──陛下となまっちろいペルシア王を見比べてんだもん。ん？　なんで、殺し合いもせずに異端者の大将と会見なんぞしてんのかって？　こりゃ会見じゃねえよ。お偉いさん方の勝負事なのさ。ガイコウってやつだよ。こんな妙な運びになった責任の一端は、まあ例によって俺にもあるわな。なんせ、チャルディラーンの野に着く前の小競り合いでペルシア王の寵姫たちをとっ捕えたのは他ならねえ俺の小隊なんだから。

「こいつぁすんばらしい戦利品だ。さっさと陛下の後宮に放り込むか、宰相か大属州の総督にでも売って大金をせしめましょうぜ」

三日前、俺は女の二の腕を握りしめて、その感触をたっぷり楽しみながら意気揚々と陣幕に帰って開口一番にそう言ったのさ。ところが、どうにも隊長殿のお顔の色が優れないのよ。いっつも自信満々で、シンショウヒツバツをしっかりこなしてくれる癖にさ。

「相手がたんなる愛妾であれば、それでよいのだがな……」

おいおい、隊長殿までアフメド連隊長のお人よしがうつったんかいな。焦れた俺は、隊長の許可も得ずにばさっと女の上衣を剝いでやったもんさ。うん、いい女だ！　そうだ、この綺麗な上衣くらいは頂いとかにゃ！　売れば銀貨どころか金貨がざっくざくだよ。見ろよ、見たこともねえ鮮やかな浅葱《あさぎ》色の布に縫い取られた綺麗な矢をつがえた弓の紋章の金糸の輝きと来たら——と、待て待て！　隊長殿、なんで俺の戦利品を取り上げるんです？　なんでアフメド殿まですっかり固まっちまって、間抜け《エシエク》そのものって面で立ち尽くしてんですか？

「お前はいつかそのそそっかしさで躓《つまず》くぞ」

そう言って丁寧に上衣をかけ直す隊長殿を横目に見てたアフメド連隊長は、はっと正気を取り戻すや否や、顔を蒼くしてわたわたと陛下の天幕の方へ走っていっちまった。その背中を見送った隊長殿は、よりにもよって叱るような口調で言うんだよ。

「これはな、キタイとペルシアを征服したジェンギズ・ハーンの御印《みしるし》だ。この方はクルム《クリミヤ》半島のハーン様のもとより嫁がれた姫君であらせられるのだ」

さしもの俺も、自分のしでかしたことがおっかなくなって、そそくさと自分の天幕に戻ったね。東の国を全部燃やしちまったジェンギズ・ハーンの一族となんて、関わり合いになるもんじゃねえからな。

でも、そっからが大騒ぎさ。お姫さんを取られたペルシア王の野郎は夜な夜な一人で手淫でもかましてたんだろうけどよ、うちの陛下も可愛いお小姓さんなんか目に入らないほど慌てたに違いないぜ。なんせわざわざ御前会議まで開いて、たかだか一人の女を戦利品か否か、賓客か否かなんて議論しはじめたんだから。あとから隊長殿が教えてくれたんだけど――うちの隊長は何でも知ってるからな――陛下が最初の帝位簒奪《さんだつ》に失敗したとき客人として匿ってもらった先がクルムのハーン様のとこなんだとよ。「ジェンギズ・ハーンの裔《すえ》に失礼があっては申し訳が立たぬ」、それがガイコウってもんらしい。まあ俺は三日も休めて万々歳なわけだが、両軍合わせて二十万、毎日金貨が何千枚も飛んじまうのも気にせず、悠長に三日間も睨みあいを続けたんだから、お偉いさんの考えることってのはさっぱりだ。ガイコウってやつに財布は関係ないんかいな。

「で？　どうなったんです？」

「故事にならってまずは戦利品として帳簿に記入し、しかるのちにペルシア王に奪回の機会を与えることになった」

会議の護衛から戻ってきた隊長殿の答えを聞いたとき、俺の頭の上にはでっかいはてな《ヌーン・ヘ》が浮かんだもんさ。ああ隊長殿、そんな呆れた顔しないで下さいよ。

「……つまり、勝負事で姫君の持ち主を決することにしたのだ。いまはその勝負の方法を話し合っておる」

ようやく結論が出たのはその日の宵の礼拝後だったっけな。俺が隊長殿の分の豆の煮汁を大鍋からよそってるとさ、やけに顔を上気させた隊長殿とアフメド連隊長がやって来て、みんなにこう言ったんだ。

「勝負の方法が決まったぞ！　畏《かしこ》くも我らが陛下はこう仰せである。たとえ相手が異端者であっても、勝負事は平等でなければならないと！」

するってえと、今度は連隊長のあとを引き受けて隊長殿が言うんだ。

「まこと遺憾ながら、歌比べと馬の早駆けではペルシアに分がある。一方、弓術比べや小銃の遠当てでは吾輩らの崇高なる帝国に分がある。剣術比べ《マトラーク》では互角だが、みだりに血を流しては栄誉ある勝負に傷がつく」

「よって！」

「しからば！」

声が重なって顔を見合わせた連隊長と隊長殿は、気まずそうに唇をとんがらせてから、それでも声を合わせてこう言ったんだ。

「『将棋にて勝負たてまつる！』」

いやはや、お偉いさんの考えってなあ、ほんと分からん。……そうさ、いまでもバグダードの城門の向こうに消えてった隊長殿が何を考えてたのか、俺にはさっぱりなんだ。

◆

どうやら順当に年下のペルシア王が先手を取るようだ。勝負がはじまると、宰相たちが手を叩いて小姓を呼び寄せ、草地にじかに腰を下ろした楽士たちが弦をつま弾き、管に息を吹き込んだのをきっかけに酒宴がはじまった。雲一つない蒼穹を天井代わりに、あくまで勝負の邪魔にならない程度の自制心がきいたさんざめきと撥音《ばちおと》の中で、酒杯を片手に持った両軍の将官たちが入り混じり、ちらちらと勝負の行く末を見守っている。駒が一つ斃《たお》されるたびに居並ぶ両国の詩人たちが進み出てはその偉業を称え、陣営の隅では帝国の修史官たちが大急ぎで筆を動かす。きっと、帰国してから挿絵の入った歴史書でも仕立てるつもりなのだろう。

直立不動の構えを取る少年に私が近寄って行ったのは、二十手ほど見守って年嵩のセリムの方が明らかに上手《うわて》と判断したあとのことだ。いまでは口髭をたくわえて、酒に口もつけずに鹿爪らしく両手を腹の前で組んで畏まっていて、そのくせ昔と変わらず瞳をきらきら輝かせている姿はひどく滑稽だった。実際、そんな彼に酒を勧めようとする者は誰一人いない。

「兵隊さん、お飲みなさい」

私がいかにもペルシア人らしいゆったりとした口調で話しかけると、少年はびっくりしたようにこちらを振り返った。ペルシアの騎兵に合わせて天辺がひょろ長く伸びた赤い帽子をかぶってはいても、袖なしの踝まである黒い肩衣《かたぎぬ》を羽織り、左手に講談師の杖を、腰帯に手拭を、右手には『王書』を携えているとなれば、どこからどうみても叙事詩《じょじし》しか詠まない傲慢なペルシアの語り部にしか見えないはずだ。少年はたっぷり聖典の第一章を詠みあげるくらいの時間こちらの顔を眺めまわした末、何かを思い出そうとするかのような怪訝な表情を浮かべたまま、やけに語尾の下がる西国人らしいペルシア語で応じた。

「ありがたく頂戴します……語り部殿」

私が酒杯をあげて応じると、少年も自分のペルシア語が通じたので安心したのか、親しげに盃を掲げた。

「随分と熱心に試合を見守っていたね」

試合を尻目にどんどん盃を空ける若い士官たちを一瞥してそう言うと、少年はあくまで生真面目に答えた。

「陛下のご対局を見守り、その勝利を祈りたてまつるのは近衛の務めです。滅私奉公、無私の念こそ近衛の本懐というものです」

忠節というものの言葉以上の意味を知らない私には、無私とか滅私とかいう言葉が少年の口から漏れ出たのがひどく不自然で、歪《いびつ》に思えた。しかし、その疑問を口に出すと、物語の先の方の頁を繰るかのごときズルを仕出かすような気がして、二の句をつげなかった。有難いことに、少年の方からきまり悪そうにこう付け加えてくれた。

「それと……まるであなたのお国の詩聖ふぃるでぅすが詠んだ『おうしょ《シェフナーメ》』を目の当たりにしているような心地がして目が離せないのです」

「……我が国ではかの詩聖をフェルドゥースィー、かの傑作を『王書《シャーナーメ》』と呼ぶのだよ」

誇り高いペルシア人が西国訛《さいごくなまり》を正すときのような嫌味な調子にならないよう——なにせ、彼らが自分たちの言葉を話さない人々を見下しているのは周知の事実だ——生徒の間違いを優しく見守る教師よろしく頷いて先を促すと、少年は嬉しそうに破顔した。

「『王書』の中でイスケンデルは東の国々を平らげるべく出陣するでしょう？　吾輩には、此度《こたび》の遠征がまさにその大王の東征をなぞるかのように思えてならんのです。いまここで西の国より来るイスケンデルたる我が陛下と、東の国のダーラー王《ダリウス三世》が相見え、しかも酒杯を傾けながら将棋を指しておられるのです。……末代まで語り継がれるであろう物語絵巻の一幕を見るかのようだ」

少年は手に持った盃が傾いて葡萄酒が靴に垂れているのにも気づかずに、変わらずきらきら輝く瞳でうっとりと二人の帝王を見つめている。自らがイスケンデルになると豪語した少年とは思えない謙虚さに、ふたたび違和感を覚えたが、そのときはさして気にもしなかった。少年の視線を追うと、盤上の駒はだいぶ減っていて、いままさにペルシア王が騎士の駒を取られたところだ。

「――おお、顔色一つ変えないとは。さすがは一代でペルシアに王国を切り開いた大立者、肝が太くてあらせられる」

いつのまにか私たちの隣に立っていたアフメドがそう呟いて、少年の肩を叩いた。少年も上官の言葉にうんうん頷いて賛意を表している。駒が一つ死んだのでペルシア方《がた》から詩人が進み出て騎士に捧げる挽歌を詠みはじめると、様子を見守っていた帝国の修史官たちが大急ぎで筆を動かしはじめた。そちらに目を向けている私に気が付いたアフメドは、心なしか胸を張った。

「ご存知か？　我が帝国には遠征の記録を一書に仕立て、そこに美麗な挿絵を添えて宝物庫に納める習わしがあるのです。きっと、いや必ずやこの場面は美麗な物語絵巻となりましょうぞ」

すると少年が陶然と空を仰いで、小さな、しかしまるで炉の扉を閉められた直後の薪のように熱の籠った声音でその後を引き受けた。

「――見渡す限りの緑野に絨毯の花園が咲き乱れ、居並ぶ高官たちがこの世でもっとも雅量に富んだ会話を交わす。その中央にはあくまでゆったりと坐す陛下と、人差し指を頬にあてがって思案するペルシア王。しかし、いかに雅やかであってもここは戦場。となれば、兵《つわもの》どもが描きこまれないわけにはいかぬ」

まさにそのとき、宴会場の隅まで響くような低い声が少年の独白にかぶさった。

「王《シャー》が死《マート》にますぞ」

見れば、盤上では少年の仕える皇帝の放った歩兵がペルシア王の王駒に襲いかからんとしている。しかし、ペルシア王はただでさえ血の気の薄い顔をさらに白く染めて、うっすらと微笑んだきりだった。——あの微笑みは何だろう？　彼を無謬《むびゅう》の教主と仰ぐ幕下の赤頭たちへの虚勢に過ぎないのだろうか？　やがて、沼のように黒く濁った瞳に一瞬だけ奇妙な煌めきが浮かんで、盤上にかけていたペルシア王の左手がかすかに震えたかと思うと、酒杯をつかむ寸前で王女の駒に当たった。

王女の駒は城楼から身投げでもするかのように将棋盤からこぼれて、まっすぐ地面にたたきつけられ、それでも息絶えることなく、いやいやをするようにコロコロと床を転がりはじめた。飛び立つ蠅《はえ》のように人の波が割れて、かちゃかちゃと酒杯が鳴り、背丈の半分はある近衛歩兵たちの飾り羽が渡り鳥の群よろしくせわしなく揺れる。私からすればただの象牙の将棋駒に過ぎないが、二本足たちにとってはペルシアの国で救世主と崇めたてまつられる王が愛し、いまや西の国を残らず治める皇帝の寵姫となるであろう運命の女なのだ。もし下手に将棋駒の胸や腰に触れれば手首を切り落とされ、万が一その足にでも触れようものならただちに去勢されかねない。慌てていないのは、天を仰いだままなおもぶつぶつぶやき続ける少年ただ一人だった。

「……誰を描く？　誰を詠む？　田舎騎士では帝都の住民が鼻を鳴らすし、市民兵ばかりでは異教徒どもに舐められる。そう、陛下に直参する近衛歩兵が描かれないわけにはいかない。そうだ、吾輩らが、吾輩が描かれるのだ！　ああ、吾輩はイスケンデル大王の絵巻の住人になるのだ！」

親指ほどの大きさの駒が、うっとり立ち尽くす少年の葡萄酒で汚れた靴のつま先にこつんと当たって止まった。静まり返った宴会場の中、居並ぶ両国の高官はもとより、二人の支配者までもが、残酷そうな笑みを顔に貼りつけて成り行きを見守っている。粗相を犯した不届き者をどう懲らしめようかと思案しているのだ。我に返った少年は、自分に向けられた幾重もの意地の悪い冷めきった視線を見回し、足元の駒を見下ろして、寒さに凍える小鳥のように身をこわばらせた。同郷のアフメドだけが真っ青な顔で少年を見つめる中、やがて焦れたような、楽しそうなペルシア語の声が高官の間から上がった。

「帝王に駒を拾わせる気か？」

はっと我に返った少年は、緋衣の長い裾を踏まないよう手でつまんでしゃがみこみ、両手で器用に女王を掬い取ってそっと両手の上に立たせた。そのまま平衡を崩さないよう膝摺りで将棋盤へ近寄っていって皇帝に目礼してから、すっとペルシア王に駒を差し出した。掌の上でふらふらと駒が揺れれば居並ぶ高官たちは息をのみ、顔を汗まみれにした少年の小鳥の雛みたいに腰だけ左右に振って平衡を保つ無様な動きに失笑し、ついに王女の駒の揺れが収まると宴会場のそこら中から溜息が漏れた。

「陛下の奥方をお連れいたしました」

ペルシア王は貴人の顔を見ないよう伏せられた少年のまつ毛と、掌の上で身をよじるように震える王女の駒を見比べて短く言った。

「ご苦労」

ペルシア王はそのまま駒を受け取ろうと左手を差し出したが、何を思ったのかついっと引っ込めて将棋盤の縁に戻してしまった。

「……だが余は他人の手が一度触れた女は愛さぬ」

少年が困ったように思わず見上げると、ペルシア王は「頭が高い《ず》!」と叱咤してから、こう続けた。

「それ、学のなさそうなそこもとも千夜一夜の夜伽話くらいは知っておろうが。無知な民が耽溺するあの物語を。都中の乙女の純潔を散らし、朝日と共に処刑してしまうシャフリヤール王の所業を」

少年が顔を伏せたままかすかに頷くと、掌の上の駒がまた少しだけかしいだ。

「あれを残酷という者もいるが、王の中の王は一度汚れた女には手を触れぬ。病も怖いしな。それに——」

血のように赤い、酷薄そうな薄い唇が持ち上がった。

「そこもとは先ほども我が愛妾の二の腕に触れておったな。一度ならず、二度までも他人の手に汚されては、もうそれは我が物ではない。かの姫はその傲岸不遜な振る舞いへの褒美としてそこもとに取らせる」

いまや上官のアフメドは頭を抱えてしゃがみ込んでいる。お人好しの彼でも分かったのだろう。将棋で勝てぬと見たペルシアの王は、勝ちを諦めて体面を保つことにしたのだと。なるほど、ふたを開けてみれば大したものではない。彼の沼の底のような瞳に秘められていたのは、どうやら王者の狡知というものであったらしい。私は急速にペルシア王への興味を失って、少年に目を戻した。

少年はしたたる汗にも構わず手の中の駒を押し戴き、なおも頭を垂れた。両軍の高官たちは愉快そうにひそひそ話をするばかりで、助けの手を差し伸べようという物好きはいなかった。ところが、少年がひと膝ゆすり出て、深々と息を吸うと掌の上の駒がぴたりと動きを止め、次に口が開かれたときその声は驚くほど落ち着いていた。

「陛下、このように恐れ多い方は吾輩には不釣り合いでございます。それに、もう十分過ぎるほどの褒美を賜りましてございます」

ペルシア王は眉をあげて足を組んだ。

「吾輩は今日この場に居合わせただけで満足でございます。なんとなれば、イスケンデル大王の物語もかくやという美しい一幕をこの目に収められたのですから。なにとぞ、陛下にはご勝負を続けていただきたく」

そう聞いて、一度は礼拝所の天蓋のように山なりに緩められた眉が、引き絞られた弦もかくやと緊張して、組んでいた足もたんっと地面に下ろされた。

「帝王同士が争えば、これすべてイスケンデルとダーラーの物語と思うてか。いかにも浅薄な西国人らしい。――となると、そこもとは余が国を失うダーラーだと、そう申すのかな？」

ペルシア王の口調に怒気を感じ取ったのだろう、赤頭の頭領たちが腰に佩《は》いた曲刀に手を伸ばし、釣られて帝国の近衛歩兵たちも帯の前に手挟《たばさ》んだ短刀の柄に手をかけた。少年はそちらをちらりと見て続けた。

「滅相もございません。確かに、イスケンデル大王の物語では骨肉の争いを繰り広げるお二人でございます。ですが、陛下のお国で詠まれた物語にはこうあるではございませんか。『イスケンデルとダーラーは、ともにペルシア王ダーラーブ《ダレイオス一世》の血を受けたご兄弟であった』と。吾輩は、陛下と我が主君の、ともに血を分けたかのごとくにいずれ優るとも劣らぬ帝王の器がひとところに会するのを目にできただけで幸せと、そう申したかったのでございます」

ペルシア王がふたたび足を組んだのを見た少年は、ここぞとばかりに言い募った。

「もし我が陛下が勝負を取られ、姫君が我が帝国へもたらされたのであれば、やがては貴国と我が帝国の高貴な血を分け引く御子が生まれましょう。それはまさにイスケンデル大王とジェンギズ・ハーン双方に連なる貴い英雄の血でございます。もし、そのような御子に恵まれた暁には、吾輩ら帝国の奴隷も、また臣民もその御恩を末代まで忘れず、いまは敵なりといえども陛下に永遠の敬意を捧げることでしょう」

まるであらかじめ諳んじてきたような見事な口上に、両国の近臣の間から感心したような嘆息が漏れ、あの抜け目のない煌めきをその黒い瞳にちらつかせたペルシア王は、おもむろに左手の袖を口にあてがうと上品に笑った。

「無骨者の奴隷兵風情が言いよる。いや、愉快愉快。あいわかった。――セリム陛下、我が寵姫はあなたのものだ。必ずやイスケンデルの父御となられよ。ただし、戦功は余の治める東ではなく、西のフレンギスターン《ヨーロッパ》か南のミスリーヤ《エジプト》で立てられるのが至当。……余も勇士ロスタムのように我が子を手にかけるのは忍びない」

皇帝は決して笑わない眼を細めて短くペルシア語で礼を言った。その隅で、こっそり将棋盤から陣幕へ戻ろうとした少年の肩をアフメドがばんばんどやしつけているのが見えた。気が付くと竦んでいた身体から緊張が抜けていくのを感じて、私は我がことながら驚いた。緊張など、もう随分長いこととしていなかったというのに。

「どうなることかと思ったぞ。このうかつ者め！　この！　この！　……しかし、小気味よい受け答えであったのう。どうだ、わしから陛下にとりなしてやる。なんぞ、望みを言ってみよ！」

少年は年嵩の同郷人に思わず故郷の言葉で礼を言ってから、はっと気が付いたように帝国の言葉で言い直した。

「ご褒美など、とんでもない。……ですが、もし許されるのなら吾輩の姿を此度の遠征記の隅に書き加えていただくことは可能でありましょうか？　できれば名前入りで。吾輩もまた、陛下と共に末の世まで語り継がれるであろう物語の末席を占めたいのです」

「……そなたは欲がないのか、稀代の野心家なのか、よく分からんな」

アフメドが去っていくと、少年はもう私のことなど忘れてしまったようで、緑野を見わたして叫んだ。

第三夜

■彼

「物語と現世の枠線を踏み跨ぐ、これぞ吾輩の一歩なり！」

緑野の大地を踏みしめた少年そのままに握りこぶしを高々と振り上げた従弟がそう叫び、彼と友人からの三つきりの拍手に見送られてホリゾント幕の向こうへ消えた半年後、彼は千鳥足であの店のあるはずの通りを行きつ戻りつしていた。『本当はもっと早く来るつもりだったんだ』――誰にともなく言い訳をしながら、彼はつい三時間前に久しぶりに集まった友人二人のことを思い返した。

仕事場で新しいプロジェクトを任されて上海出張だとか、新妻が妊娠して機嫌が悪いとかの愚痴めいた自慢話に相槌を打ち、世界は広いだの、家族を持てよだのといった訓戒めいた話にさえ、上っ面だけは大いに頷きながらも、彼は何とかあの不思議な店のことを話題にしようと躍起になっていたのだ。

――あれ、そんな店に行ったっけ。

――なにせ随分、飲んでたからなあ。

しかし、いくら頑張っても二人の友人の反応は捗々《はかばか》しくなく、とうとう彼は少し声を荒らげてこう息巻いた。『なるほど、酩酊して三軒目、四軒目に訪れた店が、昼の光の下や素面の目ではどうしても見つからないというのは良くある話だけれども、それにしても講談師じみた出し物がある店なぞそうそうないのだから、君たちは記憶がどうかしてる！』。友人たちは彼の空想癖を誉めそやし、そのうちにあまりのしつこさに嫌気がさして宥めすかした末、「俺たちはお前ほど暇じゃないんだよ」という言葉だけはぐっと飲み込んで、それぞれに仕事が、奥さんが、と断って九時前に帰って行ったのだ。次の日も次の次の日も予定を空けて、二日酔い三日酔いに備えてきたのにこれではあんまりだと、彼は半ばやけになってそこいらの店でしこたまきこしめし、しかるのち例の店があるはずの小路に入ろうと右往左往しているというわけだ。

自転車をからから引きながら七往復目に差し掛かったところで、彼は焦りはじめた。『あの物語の非凡さが分からないのは、友人たちの凡庸さの証』と傲慢に日記に殴り書きしておきながら店に辿りつけないのであれば、それは彼自身が凡庸極まりないことの証左となってしまうように思えたからだ。ふいに、後ろから楽しげな男女の声が聞こえてきて、彼はしゃきっとしようとしたのだけれど、それがまずかった。気が付くと自転車は倒れ、ふわっと頭が浮くような感覚のあと盛大に路上にもどしてしまったのだ。

さあっと明るくなって店主の罵声が響いたのは、膝に手をついてえぼえぼやっている真っ最中のことだった。

「店の前に汚ねえもん撒くな!」

彼が咄嗟に『本当はもっと早く来るつもりだったんです』と、素っ頓狂な言い訳を最後のげろと一緒に吐き出すと、店主はあきれ返り、ただでさえ太い眉を膨らませながらも、無言で扉を開けてくれた。彼はカウンターの一番隅にひっそり座ったものの、葡萄の房よろしく揺れる鍋やフライパンを見ているうちにふたたび催しそうになって、慌ててビールで口の中の気持ちの悪いものを嚥下《えんげ》した。開扉章どころか、たっぷりその四倍、それこそ精霊章を詠みあげるくらいの間続いた沈黙ののち、店主はたいして興味もなさそうにこう尋ねた。

「お前さんは何者なんだい？」

店主にしてみれば凡庸極まりない話を振ったつもりだったのだろうけれど、彼はその最初の一手でぐっと詰まってしまった。仕事を聞かれたのだと思ったのだ。そして、仕事とはいま現在それを行って金銭という報酬を得ているものであって、将来的にそれによって生活の要を購《あがな》う予定の夢想の産物ではない。言い訳じみた言葉を頭の中で並べながらも、店主の訝しげな視線に焦る彼の脳裏に、ふいにペルシア王を髣髴《ほうふつ》とさせる狡知がまたたいた。彼はよりにもよって得意げにこう返したのである。

『僕は僕ですよ』

答えを聞いた店主は、はじめて彼を見たように太い眉毛を持ち上げた。ぎょろつく目でじろじろ見られて、彼は店主の歓心を買うのに成功したのだと勘違いをした様子で、もう少しだけ自分の話をしたようだ。楽しそうに話されたであろう月並みの生まれ育ちや学業の顚末が、やがて凡庸の外——ただしそれより上ではなく、下の方へ急降下していく——にはみ出していく言い訳めいた酔っ払いの愚痴に落着するその話に、興味深げに耳を傾けた末に店主はこう結論付けた。

「で、結局、お前さんは何なんだ？　りさーちゃーなのか？　きかんろうどうしゃってやつなのか？　それともただの脛齧りの物書きなのか？　お前さん、さっき自分で言った答えの意味、わかってないだろ？」

店主は悄然とする彼に「ぶるるるん！」と忌々しげに鼻を鳴らすと、レジの脇にあったカラフルな付箋を毛むくじゃらの指でつまんであれこれ書きつけ、それを片端から店の中に貼りつけはじめた。

「最近の二本足どもと来たら、聞いたこともないカタカナの言葉までこさえて何でもかんでも細胞みたいにこまごま区別しやがる。鍋、薬缶、フライパン、レジスター、兜、カウンター、ビールサーバー、舞台、幕っと。ほれ、これがあんたら二本足の目に映る世界だ。きっとあんたが鏡を覗くと、自分にもこんな感じに色んな付箋が貼りつけられてんだろうな」

彼はこの一杯を飲んだら帰ろうと決めて、泡の消えたビールの水面《みなも》に映った自分の顔をじっと見つめた。ゆらゆら揺れる顔の周りには店主のふかした紫煙がもくもくとたゆたっているきり、何も映っていなかった。

「だがまあ、俺は夢見る二本足ってのは嫌いじゃない」

さすがに気の毒に思ったのか、店主の口調が和らぎ、その口から言葉が紡がれる先から、ビールの水面に映りこんだ紫煙がくるくると逆巻き、驢馬に乗った騎士になり、鍔広帽を被った銃士になり、最後に二角帽を被ったちびになって霧散していった。

「だから、お前さんみたいなどうでもいい奴にも夢見る心ってのが備わってるのはちょっとした驚きだ。ふんふん、お前さんみたいな奴を眺めるのも一興かもしらんな」

ぐりぐり目を擦る彼などお構いなしに、店主は「耆り」と書いた付箋をビールジョッキにぺたりと貼った。

「——さしずめ、従兄殿の額には阿呆《エシエク》とでも書いてあるのだろうな」

びくりと震えた店主の巨大なお腹の向こうで、いつの間にか舞台に立っていた従弟が彼を見つめていた。

「どんな阿呆にも物語はある」

警句めいたセリフを吐いてから、従弟は小脇に抱えていた兜をかぶると、ちょうど眉毛が隠れるように庇を下げ、煙草の煙の向こうの虚空を見つめながらこう言った。

「そして、躓きのない物語というのは、それはそれで味気ないものだ」

●少年

もうもうと街路を埋め尽くす硝煙を透かし見ながら、吾輩は熱くなった銃身を服の裾で摑み、火薬と弾をぎゅっと槊杖《さくじょう》で押しこむと土壁に身を寄せた。久しぶりに手ずから弾込めをしたのだが——さきほど奇声をあげて店から飛び出してきた床屋の親父に小姓《こしょう》が刺し殺されてしまったのだ——まずまずの速さであろう。通りをそっと窺えば、さきほど吾輩が撃ち倒した少年の死体を乗り越えて、半裸の若い女が細い肢体に不釣り合いの斧を振りあげてこちらへ向かってくるところだ。幼年兵たちが目を血走らせて出ていこうとするのを危ぶんだ吾輩は、急いで狙いを定めると火皿から顔をそらして引き金を引いた。

「此度は三日間の略奪を許す」

七日前、陛下からそう聞かされた吾輩ら近衛歩兵は、匙で皿をかんかん叩いて大喜びしたものだ。普段は長くても半日、ひどいときは近衛歩兵だけが市外で待たされることもあったからだ。征服した街の住民からあとあと税を取ることを考えれば止むを得ないとはいえ、ペルシアやミスリーヤの兵が何もかも持ち去った辺境の街などを通るにつけ、吾輩ら近衛歩兵は指をくわえて羨ましがるのが常であったのよ。

「三日もあれば家の地下室から天井裏まで、いいや教会の祭壇の下から地下墓地まで虱潰《しらみ》しにできるぞ！　ああ、僕は金の十字架が欲しいなあ」

「このとんま《エシェク》！　十字架なんか持ってたら呪われるぞ。それより見ろよ、あの時代遅れの城壁をさ。我らが帝都の三重城壁とは大違いだ。古着屋だってもっとましな服を着てるぜ」

「いやいや、服はぼろでもあの向こうにはカーヒラ《カイロ》の大都が広がってるんだ。ああ、いまから益荒男の到来に身を震わせる、貧しくとも美しいアラブ女のようじゃあないか！」

そんなふうにはしゃぎ合う幼年兵たちを微笑ましく見守りながら略奪の手順を教えてやる副官

もまた、興奮を気取られぬようすまし顔を取り繕うので精いっぱいで、雅さの欠片もないいつものだみ声にはうきうきするような軽やかさが滲んでおったものよ。

「いいか。持ち運びが簡単なものから奪うんだ。『宝石黄金布女《ほうせきおうごんぬのおんな》』って覚えとけ。焦って火蓋を閉め忘れんなよ。なあに、十万人からの人間が暮らしてるんだ。財貨でも捕虜でも、取りっぱぐれる心配はねえさ」

「うまくして教会や教堂《シナゴーグ》、そうでなくとも大商人の家に押し入れば年の俸給の二倍や三倍は稼げるかもしれないってアフメド連隊長が仰っていました！　そうなんですよね、大隊長殿！」

平静を装って幼年兵に頷いてやったものの、実のところ吾輩の心中もまた彼らと似たり寄ったりであった。なにせ、城門を打ち破らぬうちからどの物語を書写させようかと、わざわざ携えてきた写本屋の目録をためつすがめつして、必要経費を計算しては悦に入《い》っていたのだからな。釣らぬ魚を市場でひさぐ、とはまさにこれだ。

しかし、陛下が三日間もの略奪を許したのにはわけがあった。さっさと街を捨てて逃げ出した敵の騎兵どもは、置き土産とばかりにあらかじめ住民たちにこう触れ回って行ったのだ。

「北の国のトルコ人はあのジェンギズ・ハーンに連なる野蛮人だ。二百年前、奴らに焼き払われたバグダードの都を思い出せ。どうせ殺されるのなら、戦って死ね」

大砲で門を吹き飛ばし、喜び勇んで入城した我らを迎えたのは、しどけない肢体を投げ出して命乞いする乙女でも、珍品万宝を積んで征服者を歓待しようとする殊勝な大商人でもなく、木の棒やら包丁やらを手にしてそこいらの家々から飛び出してくる老若男女であった。

「モスクの尖塔から『略奪は行わぬ、命と財産を保障する』と呼ばわってはいかがでしょうか？」

我が上官にして同郷人、人の良さでは右に出る者のないアフメド殿は、一日目にして無辜《むこ》の民を殺すのに嫌気が差してしまったらしく、陛下にそう奏上《そうじょう》したのだとか。しかし、ひとたび怒れば相手が人であれ獣であれ、いや、たとえ花木《かぼく》であっても根絶やしにするまで容赦なさらないセリム陛下は、住民が抵抗をやめるまで戦えと命じただけだったそうだ。

「んんっ」

呻くような艶めかしい女の声がして通りに視線を戻すと、撃ち倒された若い女の白い身体が地面に倒れるところだった。幼年兵たちの間から抗議の声があがったけれど、吾輩は無視して腕を組むと頭を垂れた。向こうからアフメド殿が馬に乗ってやって来るのが見えたのだ。

「若い娘か？」

馬の上から器用に首を伸ばしたアフメド殿が、通りを一瞥して吾輩に問うた。

「はい、閣下」

「……勿体《もったい》ないのう」

吾輩は下馬したアフメド殿と連れ立って娘の死体に近寄ってみた。引き裂かれた被り布から覗く二の腕は雪のように白く、投げ出された足もまるで小鹿のようにしなやかだ。布から零《こぼ》れた髪はゆったりと渦巻いて、白くて柔らかそうな頬にかかっている。アフメド殿は、白日の下にさらけ出された水瓜《すいか》の果肉のように瑞々しい乳房に残る荒々しい手形に顔をしかめた。吾輩が足で髪の毛をのけると、ぼんやりと見開かれた扁桃《へんとう》のように美しい瞳が現れた。手に染料を塗っていないから未婚の娘だ。おそらく、ちょっと前までは処女だったに違いない。ということは、奴隷にして売れば血の汗を流して一日で二百五十里《フェルサング》を駆ける駿馬と同じくらいの値がついたはずである。

「本当に勿体ないですな」

吾輩が呟くと、アフメド殿はやおらしゃがみこんで娘の瞼を撫でた。まるで新月の夜の沼のように濁った瞳が閉じられるのを見届けて、アフメド殿は沈んだ声音でこう言った。

「かくも美しい乙女だ。生きてさえいればしかるべき詩に詠まれたろう」

「こんな民草の娘がでございますか」

吾輩がそう問うと、アフメド殿はしゃがんだまま「美に貴賤はない」と答えた。

「佳人というのはな、この世のあらゆる美を際立たせる詩の塩なのだ。建物であればその入り口に佇むだけで、食物であればそれを可憐な口許に運ぶだけで、その美が何倍にもなる神の賜物なのよ。勇者が相見える戦場で一条の矢によって純潔のまま命散らせ、人々の涙に見送られて昇天するのならばともかく、こんな死体の腐った匂いが充満する砂っぽい道の上で、兵隊どもにもみくちゃにされた挙句に、痣だらけの半裸をさらして射倒されるべきではない」

吾輩は自分が責められているような気がして、娘の死体から目をそむけてややぶっきらぼうに尋ねた。

「……アフメド殿、この娘が詩に詠まれたとして、どうなるのでしょうか？」

「さて、どうなるというわけではないが。少なくとも詩人であれば、この手弱女の生きた物語に思いを馳せ、その美を切り取って巷間に語り継ごう、詩のひとひらに落とし込もうとするのが道理だ」

吾輩は血腥《ちなまぐさ》い死体の山の中で、唐突に高尚な詩論が飛び出るとは夢にも思わなかったので、鸚鵡《おうむ》返しに問い返した。

「美を切り取る？」

アフメド殿は膝に手をついて立ち上がると、辺りを見回してから吾輩に向き直った。もう十年以上も仕えてきた上官は、汗まみれの顔にいつもの人の良さそうな笑みを浮かべて頷いた。

「そう、詩は美を切り取るよすがなのだ。ほれ、このようにな。神の名《ビスミッラー》において……

扁桃のように瞬く瞳に射すくめられれば美しい月さえ気おくれして身を縮め、星の海に潜っ

てしまったというのに、
そのま白き顔《かんばせ》が空を仰げば、太陽は恥じ入って雲間に隠れたというのに、いま夜が訪れ、月光の一条が刃のようにそなたを貫き、星明りを映して月を嫉妬させたはずの瞳の鏡を割ってしまった。

いま朝が訪れ、曙光が路傍に伏すそなたの血を乾かし、かつてその微笑みで日輪さえ翳らせた顔は、雪のように血の気を失った」

朗々と吟じて見せて、アフメド殿は少し恥ずかしそうに片目をつぶった。

「すべては無常――聖典にあるとおり現世は移ろい、人の世の美はいずれ滅びる運命にある。であるからこそ、それにひと時なりとも何らかの姿形《しけい》を与えて残しておきたいと望むのもまた、人の情であろう？　それをほれ、この舌一枚で可能にする秘術こそが詩なのだと、わしは思っておる。――そなたはさまざまな物語を諳んじて美しく吟じるくせに、いまだに自分の詩を詠んでくれぬなあ。それでは、詩で編まれた物語の妙味を味わい尽くせまいて」

得意げに言い放って、アフメド殿は吾輩の後ろに控える副官に視線を移し、指を天に向けてくるりと回した。周囲に警戒線を張るために、長い飾り袖を気にしながら駆けていく副官を見送って、アフメド殿は吾輩の方を向き直った。吾輩も背筋を伸ばして腹の前で腕を組んで気をつけしたのだけれど、上司が命じたのは何とも頓狂な内容であった。

「そなた、悪いがそこの砂を一摑み、わしの掌に載せてみよ」

吾輩が首を傾げ、緋衣の裾を気にしながら言われた通りにすると、アフメド殿は掌の上の砂を掲げた。

「良いか？　この一握の砂が現実の在りようとしよう。まずここに詩想を混ぜこむのだ」

アフメド殿はそう言って、腰から水筒を取り出すと掌の砂の上に垂らした。

「そして、わしの手に宿る詩の技によってこれを結わえる」

アフメド殿の詩はいつも陰で出来が悪いと笑われておりますぞ——そうからかいたくなるのを堪《こら》えるうちにも、気のいい我が上官殿は濡れた砂をぎゅっと握りしめた。その手が開かれたとき、ごつごつした浅黒い掌の上には湿って黒ずんだ小指ほどの砂の塊が載っていた。

「かくして、この世の在りようはわしの詩想と詩の技とによって、詩連へと結わえられた」

兜の飾り羽根をふるふる揺らし、まるで美しい歌を囀り終えた小夜啼鳥のように胸をそらして「これぞ詩の道よ」などと嘯《うそぶ》く上官を眺めながら、吾輩はアフメド殿が差し出した砂塊《さかい》を受け取った。目の細かい砂は吾輩の掌で転がるうちにもさらさらと崩れてみるみる小さくなっていく。さらさらという砂の音が「そなたも詩を詠め」とアフメド殿の代わりに言っているような気もするのだが、さりとて吾輩がいまだに彼の期待に沿わずにいるのにも、相応の訳があるのだ。

「アフメド殿、詩は確かに美しいと思います。仰ることもごもっとも。ですが、吾輩には詩は一つの手段としか思えぬのです」

これまで幾度繰り返したか分からぬ議論をいい加減で終わらせようと吾輩が背筋を正すと、アフメド殿はもう一度辺りに油断のない視線を走らせてから兜を脱ぎ、小脇に抱えた。

「たとえば先ほどの娘の詩です。ほんの一瞬の美だけを切り取って娘の人生を云々するのは逆に死者への冒瀆ではありますまいか？　なにせ、吾輩らはあの女人《にょにん》の生きた姿をほとんど見ていないのですから。……さきほど閣下が詠まれた詩はたいそう美しくありますが、吾輩の心を映してはおりませなんだ。むしろ奴隷にすれば幾らになるかとか、若い女は脂肪が多いから死体を燃やすのは面倒だとか、そんなことを考えておりました。その卑しい心根こそが、あの瞬間の吾輩の真実だったのです」

すると、アフメド殿は我が意を得たりとばかりに重々しい口調で答えた。

「古の詩聖曰く、『現事《うつしごと》を在るがままに詠むのは詩の作法に反するなり』――」

「――『詩は、神の創造の美を称えるための光輝あふるる諸々の芸事の一つ。そこに自らの感興ばかりを描くのは傲慢。そして、神は謙虚な者を愛する』。はい、むかしあなた様に教わりました。なればこそ、先ほどの詩のような過度な想像力もまた、ときに神のご不興を買うことにはなりますまいか？　想像《ムハッツィル》も創造《ムサッヴィル》も、いずれも神のもの。ただ塑像を彫ったり、絵画を描いたりしなければそれで良いということでもありますまい」

きっと娘の死体がすぐ傍にあるので、吾輩は気が立っていたのだろう。思わず直截《ちょくせつ》な物言いをしてしまった吾輩を、アフメド殿は少しびっくりした顔で見つめたのち、抜けるように青い空を見上げて時間を推し量り、耳に手をかざした。銃声も悲鳴ももうだいぶ遠のいて、吾輩の大隊の受け持った地区からは烏《からす》の啼き声しか聞こえてこない。

「ふむふむ、今日中には終わりそうだな。よし、続けよ」

ふいに、まだ帝都の練兵場で彼を振り仰ぎその挙措の一つひとつをなぞろうとしていた幼年兵のころを思い出したのは、きっとアフメド殿の厳しくも優しい眼差しのせいに相違ない。吾輩は気を付けの姿勢は崩さずに、ただしちょびっとだけ肩の力を抜いて頷いた。

「たとえば娘が生まれ、恋をし、婚姻を結び、子を産み、年老いて死ぬまでの物語すべてを、たかだか五対句や十対句で詠み表すのは神以外には不可能と思うのです。詩が切り取る一瞬は、もしかしたらあの娘の人生を窺うのぞき窓にはなるかもしれませぬ。ですが、窓は窓。たとえ二つの海と二つの陸の中心にある我らが大帝都の、その中枢に聳える皇帝陛下の宮城にしたところで、その窓から世界のすべてを見通すことは到底できますまい？　それと同じで、詩の一篇がいかに美しく、いかに心揺さぶろうとも、その元となるのがひと刹那でしかないのであれば、吾輩は自分で詩を詠もうと思いませぬ」

アフメド殿は汗を拭いながら、思案するような面持ちでついっと城壁の向こうに目をやった。

大砲で撃ち崩された瓦礫の向こうにはアフラーム《ピラミッド》を従えて首まで砂に浸《つ》かったアブルハウル《スフィンクス》がじっとこちらを見つめている。迷信深いアラブ人どもがまくし立てるところによれば、あの砂の下には獅子の身体がくっついているのだとか。我が帝国では当世にはその名さえ伝わらない古《いにしえ》の英雄と考えられているあの巨頭は、実は化け物だと言うのだ。たとえ巨像に彫られるほどの英雄であっても、その物語が失われればあのように砂に埋もれ、ついには化け物呼ばわりされてしまうのかと思うと、吾輩はぞっとした。住み慣れた家で夜中に目を覚まして、室内の隅にわだかまる暗がりに不気味さを覚えたときのように身震いした吾輩を正気に戻したのは、アフメド殿の呑気きわまりない声音であった。

「だがのう、そなたが何よりも好きなイスケンデル大王の物語とて、やはり詩で編まれておるではないか?」

　悪戯っ子のようなくりくりしたアフメド殿の瞳に映る吾輩は、もしかしたらいまでもど田舎の餓鬼んちょか、さもなければ帝都の練兵場で額に汗して大鍋を洗う幼年兵のままなのやもしれぬ。そこはそれ、親しみの裏返しと弁《わきま》えておくとして、いまや大隊一つを預かる身の上としては少々不本意でもある。

「イスケンデル大王に捧げられた詩の一枚《ひとひら》は、大王の物語の森に萌え出で、青々と茂った一葉です。西のフレンギスターン《ヨーロッパ》や、東のキタイでは記憶に値せぬ当座限りの散文で語られていると聞きますが、それらのだらしのない断片にしてみたところで、やはりイスケンデル大王の物語の一部ではある。これこそ、詩が一つの手段であって目的ではないことの証拠ではありますまいか？」

吾輩はちらりと足元の死体に目を向けてから首を横に振り、アフメド殿の視線の先にある巨像を指さした。

「この娘の詩はきっと、数年を経ずに佳人を礼賛する無数の歌の中に埋もれ、その出自も分からず、あの砂に埋まったアブルハウル《スフィンクス》のごとくに、誰のものとも知れなくなってしまうでしょう」

吾輩がアフメド殿の詩を貶《けな》さぬよう恐る恐るそう言うと、彼は戦場で聞けば部下たちを寛《くつろ》がせるいつもの高笑いではなく、やけに高い変てこな声で忍び笑いを洩らした。その声に釣られるように部下たちがこちらを振り返ったので、アフメド殿は居心地の悪さを誤魔化すように兜の代わりに自分の頭をこつりと叩いた。吾輩も失礼にならぬ程度の苦笑を浮かべ、上官の兜を持とうと手を伸ばそうとして、まだ手の中に砂の塊が残っているのを思い出した。しかし、ひときわ暑い風が吹くと、砂塊は吾輩の乾燥して荒れた掌の上で転がり、詩想と技の結び目はほつれ、すぐにぼろぼろと地に落ち、街路の砂に吸い込まれて跡形もなくなってしまった。

「アフメド殿、詩がもとの砂に戻ってしまいましたぞ」

すると、アフメド殿は特に気にした様子もなく、兜の飾り羽や緋衣の裾に砂がつくのも気にせずかがみ込むと砂を一摑み掬い、ぐっと握りしめた。そうして、たっぷりの手汗を吸ってさきほどよりも幾分、小さくなった砂塊を吾輩に差し出した。

「ほれ、元通りだ」

やけに静かなその瞳の輝きに困惑したせいなのか、吾輩には気の利いた答えを返すことが出来なんだものよ。

「……さっきはもっと大きかったように思うのですが」

アフメド殿は言い淀むこともなくはっきりと答えた。

「だが、砂には違いない。第一、砂を永遠に固めておくことなぞ出来やせんよ」

吾輩が応《いら》えを返す前にアフメド殿はぴしゃりと言った。

「誰が握ろうと、砂は砂だ」

アフメド殿はそのままついっと持ち上げた指を城壁の向こうに広がる砂の大地に向けた。

「大切なのは、砂を握る手と、それを固める水、そしてそれを受け取ってくれる手がそこにあるかどうかなのだ。でなければ砂は砂のままだ」

吾輩は額の毛がだいぶ後退し、浅黒く焼けた上司の顔と、ごつごつ節くれだった指、そして砂の海を見比べてから首を傾げた。

「そなたは自分の死後に思い馳せたことがあるか？　この砂と同じに、やがては腐って土となり果てたまま、終末の日を待つ長い長いときのことを」

アフメド殿がそう言って俯くと、風が砂埃を巻き上げて吾輩らの間を吹き抜けた。アフメド殿は咄嗟に拳を握りしめたのだけれど、砂塊は中天を過ぎた日差しにみるみる乾き、もとの粒子に戻ってしまった。黙って掌を払ったアフメド殿は砂漠を見つめたまま、ぽつりと言った。

「わしはこの砂と同じよ」

心優しい上官のものとは思えない、常ならぬ冷めた声音であった。

「いかに位階を極めたとて、きっとわしは黒髪のアフメドという通り名くらいしか残せまい。狭い軍団や宮廷の中で功を立て続ける終わりのない日々の先には、名前しか残らない。だが、そなたは違う。さきほど物語の森とか言っておったが、そなたならばその森懐《もりふところ》の住人にさえなれるだろう。人の五感を震わせ、知性を流し清めながら、光輝あふるる諸々の芸事の光をいついつまでもふりまき続けるのは、戦功ではなく詩なのだ。そして、そなたにはわしが幾ら餓《かっ》えても手に入らぬ、溢れんばかりの詩才が備わっておる」

鋭く細められて砂粒を見つめるその黒い瞳が、まるで黒雲のような嫉妬で煙ったように思えたのは、気のせいであったろうか。吾輩が何も言えずに立ち尽くしておると、アフメド殿ははっとして呟《しわぶ》き、地面に向けられていた瞳をついと上げたときには、いつもと変わらぬ明るい口調であった。

「あの泉亭の前で朗々と詠みあげたときのそなたの姿を、わしは決して忘れぬぞ！」

無責任で、しかし愛情にあふれる気楽な言葉を吐き終え、アフメド殿が兜をかぶり直そうとした瞬間、遠くのモスクの尖塔から帝都に響くのと同じヒジャーズ旋律の礼拝の呼び声が聞こえてきて、それに続いて街の方々から「フー！　フー！　フー！」と歓声が上がった。

「おお、陛下が金曜礼拝をなさるぞ。ああ、終わった終わった！」

アフメド殿は大きく伸びをして腹帯の短刀と短銃を従卒の方に放ると、汗まみれの頭を手拭で拭った。

「そなたの言うように、詩はひと刹那の美の寄せ集めに過ぎぬかもしれない。だがな、わしは、そなたの戦功や詩才がのちの世まで伝わればよいと願っておるのだ」

アフメド殿は、兜を小脇に抱えたまま馬に跨り、街の真ん中のモスクへ馬頭を巡らせた。その拍子に落としてしまった兜をはしと受け止めた吾輩を振り返ったアフメド殿は、あの泉亭で会った日以来、ついぞ口にしなかった故郷の言葉でもう一度繰り返した。

「わしはそなたの詠む詩を聞いてみたい」

第四夜

■彼

「かくして、吾輩は幼少のころに味わった法悦をふたたび探し求めながら、詩の道に邁進した次第。頌歌《しょうか》、抒情詩《じょじょうし》、四行詩、挽歌に季歌に祝祭詩、そして物語詩——吾輩のこの形の良い口を頑固に塞いでおった堰《せき》は切り放たれ、大河ニール《ナイル》の氾濫のごとくに名詩の数々が迸《ほとばし》った。連隊を四つも指揮するころには、吾輩は帝都一の——つまりは帝国一の詩人となっていたのである！さあ皆の者、吾輩に喝采せよ！」

直後、店内を沈黙が覆う。彼からの拍手が絶えて久しく、従弟が気にする素振りさえ見せずに踵を返して舞台を去っていくのまでが、このころのお定まりである。

『物語の中でまで俗心まみれの人の出世話を聞かされるのはうんざりだ！』——ドアの隙間から吹きこむ冷たい秋風のひゅうひゅうという音を聞きながら、幾度そう思ったことだろう。それでも彼はジョッキを握りしめたまましじっと動かず、随分長いこと少年の出世話に耐えていたのだけれど、ついに耳の奥の方からいつもの声が聞こえはじめるに及んで、飲み残しのビールもそのままに、逃げるように店を後にした。酔っぱらっているのにも構わずにふらふらと自転車を漕いで、風切りの音に集中しようとしたのだけれど、その声は外耳を経ることなく、無慈悲に頭の中から響き、彼を戒めるのだった。

『凡庸どころか、いまじゃあ月並み以下だよ』

『物語の森に逃げこむのは何て楽なんだ』

『お前さんは何者なんだい？　答えられないのかい？』

彼がふたたび店の扉を開けるまでに要した時間は半年と少し。かちゃかちゃ揺れる鍋や、太鼓腹を揺らしてどすどす近づいてきた店主がぶっきらぼうにビールを置く音に負けないよう、彼はどかっとカウンターの真ん中の席に腰を下ろした。そうして、よれよれのネクタイを引きむしるように外すと、あとはカウンターを見つめながら黙々と飲みはじめたのだ。ホリゾント幕がかすかに揺れて店主の従弟が姿を現したのは二杯目のビールを半ばまで空けた頃合いだった。

『あんたの物語の、いったいどこに躓きとやらがあるんだ』――そう詰問してやるつもりだと、彼はその前日の日記に書いている。しかし、彼が浮かしかけた腰を椅子に戻したのは、これまで自信満々であったはずの少年の声音に滲んだ苛立ちに、慣れ親しんだ響きを聞き取ったからだ。

「……戦功を重ねて、美男美女を我が物とし、アフメド殿と共に位階を極め、数々の名詩をものにして誉めそやされるにつれ、そはこもいかに、吾輩が探し求めた物語の枠線はますます遠のくばかり。ついぞ覚えなかった空しさが、時折この胸を吹き抜けるのだ。無常であるのは、何も命や知性のみにあらず、物語に沸き立つ心もまた然り。吾輩はいつしか珈琲店で下らぬ歓談に花を咲かせるばかりで、他人の作った物語に耳を傾けることさえしなくなっていった」

その通りだ、と彼は満足そうに頷いた。目的や目標がまだ夢という巨大な枠線の中でふわふわと漂っているうちは、どんなに適当な方向へ歩み出しても確かにそこへ近づく実感が得られるものだけれど、それは現実と物語の区別がつかない幼稚な精神が生む錯覚だと、彼にはもうよく分かっているのだ。そして、一度は手にしたかに思えた心身の自在性もまた、いつの間にか枠線に囲われて身動きが取れなくなっていくことも。彼は不可思議な共感めいた思いが背筋をしゃんとしてくれる快感に身を任せながらも、努めて興味のなさそうな表情を取り繕って、そのくせ耳は驢馬のようにぴんとそばだてて、さっき頼んだ黒ビールの泡の飛んだ水面をじっと覗き込んだ。

●少年

「あのアフメド様が大宰相とは、ご政変さまさまでございますねえ。先代セリム陛下に劣らず、スレイマン陛下も見る目がおありです。同郷の連隊長様もいよいよお忙しくていらっしゃるのでは?」

　手許の珈琲の黒い水面を見つめる吾輩に慇懃な口調でそう尋ねたのは、大帝都北岸の大港《おおみなと》にほど近い馴染みの珈琲店の店主である。痩せた身体に紺色の長衣を羽織り、黄色い帯を締め、仕上げに染み一つない礼拝帽を被るその姿は、どこからどう見ても書生か、よくて書記にしか見えぬ。とても「珈琲屋《カフヴェ》は乞食《カフペ》」などと俗謡に謳われる連中とは思えないのだけれど、恩知らずという一点では乞食にも負けず劣らずだ。なにせ、ウスギュプ《スコピエ》出身だというので同郷人も同じと引き立ててやったというのに、詩人としてそこそこ鳴らしたのも束の間、結婚して子供が生まれるや否や貯金をはたいて珈琲店なぞ開き、呑気に若隠居を決め込んだ穀潰しなのであるからな。しかも、忘恩をいっかな悪びれもせず——というより、多分気が付いてさえおらぬのだ——やれ「あの詩集は素晴らしいですね、小生《しようせい》の書庫にも一冊」、やれ「この珈琲碗の白さと言ったら、うちの店にも一つ」、やれ「この敷布の綾の見事さには感服仕りました、荷運び人の兄の脚絆にお誂えむき！」などと遠回しにあれこれねだって、まったく遠慮がないのだ。なればこそ、人に遠慮される側になって久しい吾輩には小気味よくもある……はずなのだが、今日ばかりはその慇懃な気安さが鼻についてならぬ。吾輩は店主の質問には答えず、珈琲豆を噛み潰したような渋面のまま、意地になって珈琲の黒い水面を睨み続けた。

「それはそうと連隊長様、先のご政変で前の大宰相閣下が誰かと宮殿の中庭で早駆けさせられたというのは本当のことでございましょうか？　下町ではもっぱらの噂なのです。駆けっこに勝ったら首切りは勘弁してやると陛下は仰せになったのだとか。ねえ、連隊長様ならご存知なのでしょう？」

店主がこちらの気も知らずにそう問うと、隣で珈琲を飲んでいた副官が鼻と口から黒い液体を噴き出した。

「えほえほっ。……ご亭主、本当だよ。なにを隠そう、そこな我が隊長殿が早駆けのお相手を務めたんだから。もっとも、内廷育ちの青瓢箪に負けちまって大耻もいいところ――いてっ！」

蹴られて脛を抱える副官に鼻を鳴らし、店主の心から同情するような眼差しには知らぬふりを決め込んだ吾輩は、鼻から出た怒気も、淹れたての珈琲の湯気もまとめて、珈琲ごと飲み干してやった。いつもは港の荷運び人たちでごった返す店内もまだ宵の礼拝前とあって空いていて、吾輩と副官と店主、それに開店当初からこの店で叙事詩語りを任されている語り部しかいないのがせめてもの幸いだ。

吾輩は副官と店主がなおもご政変後の人事についてあれこれ噂るのを聞き流しながら、携えてきた包を開けようと半身になった。そろそろ話題を変えぬと、吾輩の醜態を洗いざらい吐かされかねんからな！

袋の結びを解きながらふと目をあげると、入り口近くに座る名も知れぬ語り部がこちらをじっと見つめていた。吾輩が旧知の友人にするようにうんと大きく頷いても、男は応《いら》え一つ寄越さずに、名状しがたい静謐さを湛《たた》えた面長の顔で見返すばかり。吾輩はふいに、授業を抜け出してヒヨス入りの葡萄酒を飲んでいるところを見つかった神学生のようないたたまれなさを感じて、これまた出来の悪い生徒が慌てて教科書を出すような有様で、ついさきほど昵懇《じっこん》にしている写本工房から受け取って来た吾輩の新作を取り出したのであった。

◆

「素晴らしい出来の写本でございます」

出来たての写本をじっくり検めていた店主が素直に感嘆の吐息を洩らすと、少年は安堵したように表情を和らげ「であろう?」と得意げに答えた。気が付けば夕暮れが迫っていて、西日を背後に負った少年の顔色は窺えなかった。私は背の低い卓と椅子が所狭しと並ぶ店内にわだかまった影を踏むようにしてそっと少年の背後に立つと、目を細めてその手許を覗きこんだ。開かれた頁では、意地悪な夫の仕打ちに涙する女が美しい若者に優しく諭されている。『ユースフとズライハー』だ。

「聖典にあっては絶世の美青年ユースフを誘惑する悪妻に過ぎなかったズライハーが、ペルシアを経て帝国にもたらされ、連隊長様の詩想に触れた末に、縋《すが》りつくような思いで美麗なユースフを恃む不幸な手弱女として詠まれた傑作でございます。物語が美しいのなら、この装丁もまた確かな逸品！　ほら、副官殿、ご覧なさいな。詩を囲う親指三本分の幅の縁飾りには万遍なく山川草木が繁茂して、まるで物語をありきたりな現世から隔て守る奥深い森のような佇まいを見せているではありませんか。それにこの、高嶺の冠雪のような眩さに見る者が思わず目をしばたくほどの無垢な純白を呈する枠線の内《うち》！　ペルシア人たちが詩を書写するために考案した波斯書体《ナスタアリーク》の文字が、まるで鬱蒼と茂る言の葉の森のようにどこまでもどこまでも続いておりますよ！」

店主が少年から聞きかじった単語を繋げて褒めちぎったとおり、写本には懸絶したる佳麗がたゆたっていて、さしものお喋りな副官も言葉を飲んで見入っている。だからこそ絶佳の美写本を、新しく買った女奴隷とか、皇帝から下賜されたキタイ伝来の陶器とかと同じように自慢する少年の丸まった背《せな》や、そこからうっすら立ち上る俗っぽい卑しさは、まったくもって不釣り合いだった。

「『書物とは孤独の友、知性の光』などと申しますが、小生からすれば詩の内容と同じくらい、その外見もまた重要でございます。――ねえ、語り部殿、あなたもそう思われませんか?」

興奮する店主に話を振られた私に、少年の得意げな眼差しが向けられた。不器用に頷いてはみたものの、すぐには言葉が出てこなかった。こちらを見上げる瞳は西日の下に顕わになってなお翳ってよく見えず、ただ何か卑俗な心根を隠すかのように眦に寄った醜い皺ばかりが目についた。

「確かに見事な縁飾りだ。美の結晶たる薔薇、佳人を示す糸杉、秘された恋心を表す菫《すみれ》――絢爛豪華なこの縁飾りには、物語の枠線へ続く密林がどこまでも広がっている」

少年の丸まった背がびくりと震えた。

「……まるきり、果てしのない八重葎《やえむぐら》だ」

私がぽつりと呟くと、少年が身体ごとこちらを振り返った。たっぷり一呼吸のあいだ私を見つめ、やがて身体に付いた泥を落とす犬のように首を振ってから、いかにも誇らしげに顎をしゃくった。

「その通りだ、語り部よ。相応の俸給を受け取るようになって吾輩が一番嬉しかったのはな、死の危険が遠のいたことでも、美しい男女を我が物と出来ることでもなかった。自分の物語や詩を熟練の写字生に書写させ、まさにこのような縁飾りを施せるようになったことよ。はじめは猫の毛のようにか細かった枠線は燃えるような朱色の二重線になり、やがて小指の幅くらいに広がった。縁飾りの中に初めて描かせたのは無論、薔薇の花だ。あれは今上陛下に初めて捧げた物語詩であったな。そしていま、小指は親指になり、ついには頁の縁まで埋め尽くす幅広の縁飾りを注文できるようになった。これぞ、吾輩がその生涯をかけて築き上げてきた盛名の証よ！」

「まさしく、詩人冥利に尽きる生き様でございます」

店主のお追従——ただし心からの——に頷くことも出来たのだけれど、私の口から洩れたのは、得体のしれない不快感に押し出された暗鬱とした声音だけだった。

「でも、何かが足りない」

いや、むしろ——そう言いかけて、店主と副官の訝しげな顔が目に入った。少年は写本を手で摑みながら、息をつめて食い入るように私の唇を睨んでいる。まるで、雛が死んだことも知らずに巣を守る愚かな雲雀《ひばり》のようだ。わずかに張りつめた沈黙を破ったのは、呑気極まりない副官のだみ声だった。

「何言ってるんだい、あんた。立派な縁飾りじゃないか。これ以上、何か描ける隙間なんてありゃしねえ。第一、そいつは我が隊長殿が詩でこさえた物語なんだぜ。綺麗な物語は綺麗な縁飾りで彩られにゃならんのよ」

「……なぜ?」

私の深遠な問いかけに、副官はへっと笑ってあっさりと答えてみせた。

「綺麗だからに決まってんじゃねえか! 景色でも本でも女でも、綺麗が一番。金や食い物と同じで、綺麗どころが沢山いて困るこたあないのよ」

副官の素朴な答えに少年が破顔し、不可思議な緊張の糸が緩むのを見はからったように、扉の鈴が鳴った。見れば、空色の軍服に黄色い三角帽を被った幼年兵が立っている。年端もいかない美しい幼年兵はしずしずと少年の傍へ歩み寄ると、その耳に何事か呟いた。少年は頷き、髭を落とした幼年兵の産毛の残る頬をやけに艶めかしい手つきでひと撫でしてから、副官に目配せして立ち上がった。

「遠征の勅が下った」

少年たちを見送った私と店主は、卓の上に置いていかれたままの写本に気づいて顔を見合わせた。

◇珈琲店の店主

「小生は幸運な詩人でございましたなあ」

春も間近という晩冬のある夜、連隊長様の置いていかれた写本をはらりはらりと捲りながら小生がひとりごつと、語り部殿は重々しく頷いてくれました。連隊長様のご援助を賜り、この店を出してからかれこれ十年。開店祝いの次の日にやって来て、そのままうちに居着いた語り部殿は、一夜として同じ物語をしたためしがないというほどの博識で、小生の店には勿体ない御仁。難を言えばいまだに名乗ってくれないことくらいでございましょうか。何かを思い出そうとするかのような訝しげな視線で語り部殿をねめつけた末に、身元を保証して下さった連隊長様でさえ、名を知らないのだそうです。

小生が帝都の詩壇に名を轟かせたのは、そう昔の話ではございません。さりとて、ほんの五年ほどもて囃されたに過ぎませんから、きっと五百年後、千年後まで小生の詩が巷間に伝わるということはありますまい。なにせ、いまの小生は二人の子の父であり、器量好しとは言えないけれど心根に限れば帝都一の妻の夫であり、この店の主であって、もう詩人ではないのでございますもの。

もちろん小生とて、詩こそが至高の芸術にして神の創造を寿ぐための修養の道と信じ、立身を夢見ました。ですが、詩とは小生らのような後ろ盾もお金もない民草に許された唯一の出世の足掛かりでもございます。詩壇に上って小生が学んだのは、一人前の詩人の在り様《よう》。詩人たちが互いを踏み台と心得、どこまでものし上がっていくさまでございました。詩を詠むだけで心満ち、物語を作るだけで果報だなどと申す者は、一年とたたず野垂れ死んでゆくのです。幾ら詩を詠んでも、お腹は膨れませんから。それを理解するや否や、小生の舌と葦筆《あしふで》はどんどん重たくなっていって、一対句は銀貨何枚になるか、この詩はお追従のためだからちょこっと手を抜こうなどと算盤ばかり弾くようになりました。そして、それこそが一人前の詩人の立ち居振る舞いだと悟るに及んで、小生は、だらしがないとはいえ我が生の全てを賭して吐き出す言の葉を、それ以上汚すのに耐えられなくなってしまいました。

先ほども申しましたように、不幸ではございません。いまでも詩は詠みます。ただし、帝都の御大尽方のためではございません。兄や妻、あるいはつい先日嫁ぎ先の決まった娘や、気のいい未来の娘婿に詠んでやるのです。我が愛しき家族たちは、小生が宮廷で賜った称賛などよりももっと暖かくて、思わず落涙してしまうほどに真心のこもった感謝を伝えてくれます。小生はそれで満足することにいたしました。——卑屈と思うなかれ。若い人にはまだお分かりにならぬでしょうが、人は夢破れてなお生きねばならぬし、その先にはまた新たな夢と物語があるはず。いえ、それを見出さねばいけないのです。

「確かにあなたは幸運な詩人だ」

語り部殿は、捲っても捲っても絢爛豪華な八重葎の縁飾りが続く写本をじっと見つめながら呟くと、がらんとした店内をふと見回しました。

「そういえば、他の詩人たちはここには寄りつかなくなったな」

「当店の扉は月並みの詩人には半扉《ムスラー》すら開かれませぬゆえ」

小生の冗談が通じたのかどうか、語り部殿はふたたびこっくりと頷いたきりでございました。そうです、開店した当初ここには連隊長様の名声に惹かれた帝都の綺羅星のごとき歌詠みたちが詰めかけ、連日連夜詩を詠み、あるいは語り部殿の物語に耳を傾けたものです。その頃、この店の丸盆の上で湯気を立てる珈琲の黒い水面には詩人衆に混じってその歌声を聞こうと、わざわざ貧相な服に着替えて市井に紛れこんだ貴人や、まだ髪の毛が真っ白になる前のアフメド様の顔が映っておりましたっけ。ですが、連隊長様が位階を極めるにつれ一人去り、二人去り、その代わりにいまでは近衛歩兵連隊の士官様や、荷運び人組合で支配人をする兄の同僚たちが屯《たむろ》する月並みの珈琲店となりました。これもまた、不幸ではございません。ただ、文学談義が果て、代わって宮廷内の噂や政治の話に花が咲く今日この頃に思い馳せれば、アフメド様の例の口癖の意味が分かるようにも思えるのです。

この世のどこかにあるという物語の中へ至る密林や、その先にあるというこの世とあの世、いえ物語の世界との境界線のお話、視覚、聴覚、触覚、味覚、嗅覚、それに知性ともう一つの物語のししむらの心臓となるべき神秘のこと、そして、我が故郷ウスギュプ《スコピエ》を発ち、ただ一人その枠線を目指したというイスケンデル大王への賛美——日が沈んでなお、煌々と照る明かりの下、背の低い卓へ粋に片足をかけ、樟脳《しょうのう》を溶かしこんだ禁制の珈琲を片手に連隊長様が滔々と語った夢を、小生はいまでも昨日のことのように覚えております。ですから、最近のように物語の夢を語る代わりに、宮廷内の噂に興じて大笑いする連隊長様を見るにつけ、小生はアフメド様の言葉を否が応にも思い出してしまうのでしょう。世も人も移ろうもの。とりたてて寂しさは感じないのですが、さりとて物足りなさを感じないほどには、小生も老いぼれてはいないのです。連隊長様を中心にして、あたかも八芒星のように築かれた詩の宇宙に鳴り響いた物語と詩に身を任せた日々の、げに美しかりしかな！

　そうそう、最後に小生の店に連隊長様が訪ねて来られたのも、冬春の交やおら顕なるその日の夜更けのことでございました。出征前にご挨拶を賜るのは初めてのことだと考えながら、小生は一層真心を込めて珈琲を淹れたものです。横目でちらりと見ると、連隊長様はご自分が忘れていった写本を開いて見事な縁飾りを指で撫でておられました。その向かいの語り部殿は黙ったままで、小生もしんとした店内に流れるこぽこぽという珈琲の沸く音に耳を澄ませました。やがて、水音を割ってかすかに聞こえた声は、はたして連隊長様のものであったのか、語り部殿のものであったのか。

「何かが足りないのではなくて、むしろ足り過ぎている」

小生が振り返ると、連隊長様はまるで樹冠を透かして蒼穹を探すかのように目を細められ、蜘蛛の巣だらけの我が珈琲店の天井を仰いでおられました。ふいに、表から夜の礼拝を告げる声が聞こえてきまして、はっと気づかれた連隊長様はこう仰せになられました。

「店主、これまでのつけだ。この写本はそなたに授けよう。娘の持参金の足しにいたせ」

小生が固辞する間も与えず、連隊長様は脇に掛けてあった緋衣を羽織り、白い羽が屹立する兜をかぶられました。小生が「どちらへ……」と呟くと語り部殿が代わりに答えてくれました。

「バグダード遠征だそうだ」

小生は謙虚な性《たち》ではございますが、その晩だけは思わず連隊長様を呼び止めるという無礼をあえて犯しました。その丸まった背中のままでは、とても大業は成し遂げられまいと思ったのです。

「連隊長様！」

見れば、連隊長様と語り部殿が驚いたようにこちらを見つめていました。小生は緊張しながらも、詩人であったころのように右手を心臓にあてがいました。

「小生はお二人の話の半分も分かりません。ですが、連隊長様こそ小生が知る中でもっとも優れた詩人でいらっしゃいます。……お追従ではございません。なにせ、技ならバーキー殿、詩想であればハヤーリー殿あたりに軍配が上がりましょうし、前者も後者も、昔の小生の方がなお優れておりましたから」

連隊長様の瞳の奥に好奇心と諧謔を読み取った小生は、大きく息を吸い込んでいまや我がものとなった絢爛豪華な写本を取り上げました。

「この写本の一章、一葉、一対句からは、傲岸不遜に自らを恃むあなた様のお声が立ち上って来るかのようです。まだ足りぬ、まだ足りぬと。あなた様はかくも美しい写本を仕立てる財貨を持ち、かくも絶佳の縁飾りに見劣りせぬ名詩を詠まれるというのに、まだ満足なされない。幾ら詩を詠み、叙事詩を編みあげようとも心の盃に貪欲に葡萄酒を注ぐあなた様の傲慢さと来たら！……ですが、それこそがあなた様をして諸々の歌詠みたちを凌駕せしめ、しかして小生の如き木《こっ》端《ぱ》詩人の崇敬を集めた唯一にして無二の資質でございました」

小生は写本を抱きしめるようにして深々と頭を垂れました。

「なにとぞ連隊長様は、その腕白小僧のごとき傲慢さを幾久しく携えてご出征くださいませ」

連隊長様は白いものの混じる口髭を持ち上げると、本当に久しぶりに楽しそうに笑われてから、戸外の暗がりに身を翻されました。

「私も行くよ」

連隊長様が発たれ、いつもより丁寧に片づけを手伝ってくれた語り部殿もまた、たった一言だけを残して真夜中の闇の中に飛び込むと、溶けるように消えてしまいました。永の別れとは意外にもあっさりしたもので、詩想の入り込む余地のないこともあるのです。

――あの別れの晩からもう何年経ちましたでしょうか。バグダードで連隊長様とアフメド様の身の上に降りかかった不幸を聞いても、いまだに実感が湧きません。今日も今日とて、この写本を一目見ようと帝都の詩人の卵どもがこの店に足しげく通ってくるからでしょうか。

今晩もまたいつものように片づけを終え、だいぶ曲がってしまった腰を叩きながら戸口から店内を振り返りますと、卓の上に置かれた連隊長様の物語がこちらを見ています。開かれたままの頁には、妙なる詩の調べに乗せられた物語が綴られております。相も変わらず美しい縁飾りに囲われて。顧みれば、小生は物語の森に聳えるという巨木の甘い芳香に釣られた蝶でしかありませんなんだ。吹く風が散らせたその落葉を追いかけるので精いっぱいの落葉拾い、それが小生でございました。ですが、落葉も拾わねば腐れて土となるだけ。小生は、これからもこの店で落ち葉拾いに一生を費やす所存。連隊長様がこの世なのかあの世なのか、はたまた別のどこかなのか、いずこへ行かれようとも小生は寂しくございません。胸を張って、「行っちまえ」と申しましょう。そして、小生にひらりひらりと舞い降りた落葉の中から、連隊長様の物語の一葉をこの手で摑み、精々それを肴に詩を詠んでご覧に入れましょうぞ！

扉を閉める瞬間、どこから入り込んだものか、ひとそよぎの微風が卓の上に開かれたままの写本を揺らしました。

第五夜

◆

人《インサーン》、獣《ハイワーン》、そして精霊《ジン》。

かつて神はこの世に三つの種族を創造した。平等を愛する神はまず、すべての被造物に感情を与えた。神と被造物を分かつ足かせとするために。ついで、獣には強靭な肉体と、懊悩に左右されない鈍い心が与えられた。精霊には永の命が許される代わりに、神の御力を凌駕せぬよう制約が課された。現実をまさに現実として見定める冷徹な知性と、物事を在るがままに憶え、決して忘れぬ記憶力。暑さも寒さも、甘さも辛さも、痛みも快楽も、そしてあらゆる甘美な感情の発露をも阻み、その贄をしゃぶり尽くそうとする度に立ちはだかるこの双子のような頸木《くびき》によって、私は生そのものを謳歌する術を知らない。それでも、私は二本足どもよりはましだと思っている。なぜなら、永遠の命も強靭な肉体も持たず、従って一度は手に入れたはずの優れた知性や甘美な記憶を、死という燔祭《はんさい》にくべることを余儀なくされた出来そこないなのだから。

しかし、神は平等を愛される。それゆえ、彼らには特別に、神にさえ備わっていない力が与えられている。風が吹くたびになよやかに靡く広大な葦原のように感情も五感も、知性さえざわめき立つような弱さが。それこそが、二本足どもに与えられ、我ら精霊には与えられなかったもの。そして、最後の一つの答えは、その欠点の中にこそあるように思えるのだ。

——いや、すべての精霊が私のように強靭な精神を持つというわけではない。精霊といえどもさまざまだ。ある者は二本足の女を何よりも好むあまりに香油瓶に閉じ込められ、ある者は夜な夜な沙漠に女の裸足の足形を残すのだけを生業として忘れ去られ、ある者は精霊同士で争い、敗れて壺の内に封じられて海に沈められ、その他多くの者は獣のように山野を駆け続け、あるいは人に化けて街や村に暮らす。となると、この制約を呪いと見做《みな》しているのは、もしかしたら私だけなのかもしれない。神への不敬とも見做されかねない疑問の端緒は、只でさえ長い耳がもっと伸びてしまうくらい何度も何度も聞かされたこんな話にある。

「アル・クドゥス《イェルサレム》の預言者イーサーをその背に負うたのは誰か？　メッカに生まれ育ち、長じて最大にして最後の預言者となられた方をその背に乗せたのは誰か？　千夜一夜の夜伽話でももっとも多く語られるのは？　すべて、わしらじゃ！　よいか、そなたもご先祖様に恥じない振る舞いを守り、衆生《しゅじょう》を導く素晴らしい人間を乗せ、あわよくば物語に伝えられるような立派な驢馬になるのじゃぞ！」

すでにして最後の預言者が昇天したいま、彼に比肩する人間が生まれいずるはずはないし、そもそもすぐに死んでしまう二本足風情に永の時によって培われた膨大な記憶と知性を持つ精霊が仕えるというのは奇妙だ。うんうんと顔を上気させて頷く従兄殿に半ばあきれながら私がそう反論するたび、長老はとんでもないとばかりに耳をぱたぱた振って息巻いた。

「頭空っぽの馬どもみたいなこと言ってないで顔でも洗って来なさい！」

言われるままに顔を洗って鏡を見ても、驢馬が人に化けたときに特有の面長でやる気のない顔が映るきり。思い余って——あるいは思い誤って——西の果ての国にまで行ってしまった従兄殿のように「ようし、俺も偉い人間を乗せて立派な驢馬になるぞ！」などという覇気が宿ろうはずもない。そもそも我が一族に忠誠とか、献身とか、あるいは旅とか冒険とかは似つかわしくないのだ。馬であれば主人と同じ方向をひたと見据えてどこまでも駆けていく。犬であれば主人の背を守り、先に立って歩くときも主人の顔を幾度も仰いで忠節を示す。猫であれば……奴らはもとから精霊みたいなものだからよく分からない。そして、我が一族は主人に仕えるには賢明すぎるのが難点だ。

二本足どもは我が一族の背に勝手に重い荷を積んで戦争に連れて行った挙句に『ぶるっちまって使い物にならん』などと馬鹿にするが、それは私たちがまともな神経をしている証拠だ。私たちは走っているうちに何をしていたのか忘れてしまう馬たちほどに単純には——無論、向こうには向こうの言い分があろうが——出来ていない。誰が好き好んで血やら臓物やらの、げろが出そうな臭いの中に飛び込んでいくというのか。私たちはただ、糧秣《りょうまつ》も刀も斧も、矢も弾薬もみんな残らず運んでやる代わりに、高みの見物としゃれ込む。それこそが賢い被造物の取るべき態度というものだ。つまり長老は、私たちにはひどく不釣り合いな命題を与えたわけだ。

なぜ、こんな話をしたかと言えば、カウンターに肘をついて落ち着きなくビールを飲む草臥れた二本足の瞳が爛々と輝いて私を見上げているからだ。彼はこの私がとんでもない冒険を果たした物語の主人公の一人だとでも思っているのだろうが、私は少年との出会いも、旅も、別れも、一度として冒険と見做したことはないのだ。とはいえ、いまはまだ舞台の上にいるのだから、客を楽しませるのが私の義務ということになる。だから、私の冒険——いや、私の物語についても少しだけ話さねばならないだろう。では、この物語の序幕はどこか？　私が母親の腹からひり出された太古の昔？　それとも、出郷を余儀なくされたあの恐ろしい晩？　いや、違う。この物語は我が故郷のあの偉大な図書館に足を踏み入れた日に幕を開けるはずだ。

■彼

草臥れた二本足呼ばわりされた彼が、黒ビールの水面を睨みつけていた瞳をあげると、目の前には四分円のカウンターではなく暗い廊下が続いていた。昼なお煌々と灯される瀟洒な燭台、人の背丈の倍はある書架を埋め尽くす古今東西の万巻が放つ芳香と、黴《かび》と紙魚、それに碌に風呂にも入らない学徒たちの体臭が入り混じった不思議な甘い匂い。その一角の暗がりに一心不乱に頁の上に屈《かが》みこむ男の姿があった。面長の男が中国からもたらされたばかりの月のように青白い紙をめくるたび、書架に積まれた書物の背に映る長い耳の影はぴょこぴょこと小気味よく揺れるばかりで、彼が歩み寄っていっても影法師は動きを止めない。蠟燭が一本だけ載った皿と、その明かりを少しでも増やそうと机の上を埋め尽くさんばかりに並べられた鏡。鏡に映る男の顔は、薄暗い館内でもそれと見て取れるほど歪んでいる。半開きになった口許、ひくひく動く大きな鼻腔、そして暗闇にあってなお蠟燭の火よりも爛々とまたたく瞳――彼の顔が鏡に映り込んでも、男は気にする素振りさえ見せず、背をいよいよ丸めて本の上にかじりついたままだ。夜な夜な図書館に潜り込んでは物語を読み耽っているらしい男にとって、この暗がりに蹲っているのは何にも優る幸せのようだった。

彼は仕方なく辺りを見回してみた。書架に積まれているのは、学徒たちが鼻で笑って見向きもせず、そのため革表紙も与えられず、ただ厚紙で綴じられただけの粗雑な書物の群だ。

「アーデム《アダム》が天より下ってのち間もなくに書かれた洪水の物語、火を崇めるヤズドの信徒たちが伝え、皮肉にも彼らが崇める炎によって焼き尽くされた古の諸王や預言者の物語、そしてまさにあの平安の都で編まれた奇想天外な物語――昼に都大路《みやこおおじ》をのたくり歩く二本足どもはあんなに卑しく、愚かで、別々に動く器用で優美な指を持ってる癖にその手が作るのは握りこぶしばかりだというのに、物語の中の人間たちは驚くほど賢く、勇敢で、そして美しかった」

どこかすぐ近くから聞こえた従弟の言葉に誘われて、彼は火蛾のようにふらふらと踏み出した。その美しく勇敢な人々を是非にも見てみたかったのだ。

しかし、彼の手が男の肩に触れる寸前、蠟燭の明かりが揺らいでみるみる間に広がり、気が付くと彼は日光を受けて優しい薄茶色に照らし出された日よけ布の下にいた。見れば、傍らにはまだ読んでいない書物を必死に笈《おい》に詰め込む男の姿があった。そんな男を尻目に、居心地の良さそうな家の中庭に設けられた八芒星形の泉水の周りに集った彼の同族たちが囁き交わしている。

「教王の早馬が凶報をもたらした」

「東から馬に乗った蛮族が押し寄せて、ホラーサーン州はまたたく間に陥落してしまったらしい」

「常の戦ならば都に押し寄せるはずの避難民さえことごとく切り伏せられ、蛮族たちは死体で作った山を糧秣がわりに車に積んで、堂々と街道を進んでくるそうだ」

一族のある者は人に加勢して都を守ろうと叫び、ある者はさっさと逃げようと言い、大半の者は呆然自失の内に立ち尽くしている。やがて男は、長老の悲しそうな視線や、同族たちの責めるような眼差しを受けながら、ずっしりと重い笈を何とか背に乗せ、年の近い従兄と一緒に家を抜け出した。二人――いや二頭は土壁の続く美しい通りを馳せ、都の北西のスーリーヤ門《シリア》をくぐると、あとはもう迫りくる蛮族の蹄《ひづめ》の音が聞こえない所まで四本足を必死に動かしてひた走った。

二頭の驢馬が仲たがいしたのは、旅立ったその日の夜更け過ぎのことだ。運河の畔で激しく言い争ううちに、太った方の驢馬は夜だというのに真っ赤に染まった東の空を鼻面で示し、幾度も嘶《いなな》いた。痩せた方の驢馬は背に負うた笈を庇うように後ずさったが、太った方が笈の紐を噛むと力任せに引きはがし、そのまま都を取り巻く運河に投げ捨ててしまった。そうして太った驢馬が、もう一頭の尻尾を優しく噛んでずるずると引っ張りはじめる。夜明け近くまで引っ張り続け、ついに太った驢馬は相棒の尻尾を離して悲しげに嘶くと、何度も何度も振り返りながら西に見える街明かりの方へ消えていった。

以来、男が従兄に再会するまでには稀代の英雄であってさえ忘れ去られるほどの時間が過ぎ去ったのだけれど、二十万余夜に及ぶその間も従兄の影はそれこそ影法師のように男にまとわりついて離れなかった。それというのも、故郷を出て百年も経たないうちに従兄の冒険――彼の場合はそう呼んで差支えないだろう――の話が耳に入って来たからだ。

山野を繋ぐように僻村を巡っていた男はあるときトルコ人の農民から老人と驢馬の出てくる奇妙な頓智話を聞かされ、もしやと思って辺境の君侯国の小さな都の本屋に立ち寄ったのだ。横積みにされた書物の間に真新しい装丁を見つけ、引き出して題名を目で追うとこう書かれていた。

『ナスルッディーン先生と驢馬』。男は思わず耳をぴくぴく、尻尾をぶんぶん振り回したくなるのを堪《こら》えながら、わななく手で頁をめくった。これは従兄殿の足跡を記した本に違いない、聖典や聖書に名を残すご先祖に憧れていた従兄殿は、ついに自らが物語に語られる大立者になったのだ、と。

毛むくじゃらの手を震わせながらなぞった目次には、はたして従兄殿と思しき驢馬の名前が幾つも並んでいた。曰く、「先生、驢馬に逆さに乗る」、「先生、驢馬を売りに出す」、「先生、餌の要らない驢馬を育てる」、「先生、息子を驢馬に乗せる」――。不気味に口角を吊り上げる面長の客を訝しげに窺う店主の視線も何のその、男は有り金をはたいて薄っぺらい書物を買い取ると裏通りの木箱の隅に腰を下ろした。ところが、読み進めるにつれ男の長い耳はぱたぱた振られるどころか、しゅんと垂れてしまった。ナスル某なる老人に酷使される驢馬はひどく愚鈍で、騙されやすく、伝え聞く西方のブルネルスに負けず劣らずの愚か者として描かれていたのだ。違いといえば、その尻尾が短くないことくらいのもの。男はナスル某なる破戒僧が従兄殿を騙し、餌を日に日に減らして苛める話を読むに至って静かに書物を閉じた。下品なウヘウヘという笑い声が聞こえたのは、男がナスル某の物語を尻拭き紙にちょうどいい大きさに丁寧に破って懐に仕舞いこんだのとほぼ同時だった。見れば、表通りの辻では髭面のいかにも無教養な荷運び人たちがうんち座りをして大笑いしている。何を話しているのかと長い耳を伸ばしてみると、あろうことかさきほどのナスル某と従兄の話をして笑い転げているのだ。まあ、下品な話は教養のない愚か者たちには受けがいいのだろうと納得して踵を返し、次の角を曲がると、今度は目の前で殴り合いをしている威勢のいい若衆に出くわした。争いを好まない男はそそくさと脇を通り抜けたのだけれど、若衆の切った啖呵を聞いてはたと足を止めた。

「おい、てめえ、肩ぁぶち当てといて挨拶もなしかい！」

「てやんでえ！　この阿呆《エシエク》め」

「なんだと！　間抜け《エシエク》はてめえの方だ！」

「うるせえ、驢馬公《エシエク》！　やるってんなら相手になるぜ！」

繰り返しになるが、男は争いを好まず、またそもそも感情の発露というものがごく希薄であったから、さほど気にしたわけではない。ただし、従兄がナスル某なる間抜け——いや馬鹿ちんに騙されたせいで、それ以来今日に至るまで名乗りを上げることもままならなくなってしまったのだけは確かだ。

命短い二本足のことだからすぐ忘れるに違いないと、はじめこそ頓着しなかったのだけれど、名乗ろうとするたびに自分で自分を「間抜け」というのはひどく不便で、あの別れの晩に重い笈を無理やり捨てさせて命を救ってくれた感謝の念は程なく消え失せ、ふたたび従兄に会ったら文句の一つくらいは言ってやろうと思うようになった。もっとも、ざんぎり頭に山高帽を被り、羽織の裾を翻して道を闊歩していた従兄が、故郷を出たときと寸分たがわぬ恰好の従弟に出会い、呆れる間もなく詰られるのは、それこそ少年の帝国が滅ぶ半世紀ほど前まで待たねばならないのだけれど。

「だって、偉大にして稀に見る楽天家たる俺は、そのころ自分の尻がひり出した悪評なんぞ露知らず、こぞって異端者たちの魔の手から逃げてくるユダヤ教徒の人並みを押しのけアル・アンダルスへ向かっていたからな。アル・マンシャー《ラ・マンチャ》の田舎騎士、マーワラーアッジャバル《ピレネー山脈の向こう》の芋臭いひよっこ銃士、それにちびのフランク人の大元帥——色々な奴をこの背に乗せた俺様の冒険譚は、ほれ、店の看板に描かれた通りだ！」

『それだけ頑張っても歴史に残る名前が駄馬《ロシナンテ》だというのだから——よりにもよって馬と混同されたのだ——まことと努力とは報われないものと言うしかない』と彼が日記にこっそり書き綴ったのも、むべなるかな。

さて、のちに従兄が喜び勇んで述懐した大冒険のことなど知る由もない当時の男は、都へ続く運河の水面に空しく物語の頁の姿を探し、ついで故郷を焼き尽くす炎をいま一度振り返って暗い夜空に立ち上る血色の煙を仰ぎ、ついには従兄殿が消えていった街明かりの方を一瞥してから、明かりの見当たらない暗闇を目指してとぼとぼ歩み去ったのである。

こうして男の後ろ姿が闇へと溶暗するのと同時に、ビールの水面に黒ビールと同じく光のない自分の瞳が映っているのに気が付いて、彼は顔をあげた。舞台に従弟の姿はなかった。ふと気配を感じて横を見ると、図書館にいたときのように背中を丸めた従弟が彼の隣に腰かけていた。驚くより先に咄嗟に店主の方に目をやったのは、褒められるよりも怒られることに馴れた人間の癖のようなもの。いつかのように他人の舞台に上がってはいけないと叱るべき場面であったはずだからだ。しかし、店主は顔こそしかめたものの結局何も言わず、詫びとばかりに新しいビールを注いだだけだった。しゅわしゅわ音を立てるまっ白な泡を、期待感と恐怖を胸に眺めはじめた彼の横合いから、子守唄を聞かせる母親のように優しい声音が響いた。

「ゆっくりゆっくり森と荒地を繋いで西へ向かう道すがら、緑色の山と森林が連なる半島に入るまで、私の物語には特筆すべきことは起こらず、順調そのものだった。あの日、私がわざわざ街道を外れて沼地に向かったのは、辺境を経巡り歩いているとはいえ、この世で一番洗練された都生まれの育ちの良さによる止むを得ぬ事情、とでも言っておこう。平たく言えば、私は一族の中でもとびっきりの綺麗好きで、晩冬とはいえ水浴びがしたかったのだ。ちょうどいい塩梅に水の透きとおった沼で手足を洗い清め、元の姿に戻って湖面に踏み出したはいいものの、実は私の立派な蹄が乗っかったのは水に浮かんだ氷の上だった。当然のことながら、二本足の四人分はあるどっしりとした体重がかかった氷はぱりんと砕け、私はそのまま底なしの沼に引きずり込まれてしまった。……君たち二本足の短い一生にも、神に見放されたか、あるいは神に見初められたかのような年というのが巡って来ると聞く。あの年の冬が私にとってのそれだ。ただし、一介の被造物に過ぎない私には神があの氷を薄く固めておいたのが、厚意からだったのか、何かの罰のためであったのかは分からない。だが、その議論はまた今度にしよう。ほら、もうそろそろバグダードのホラーサーン門を出た少年がディヤーラ河の畔で待つ私の許にやってくる頃合だから」

第六夜

●少年

完全な被造物とは何か？　もしそう尋ねたなら、法学者は「神の創りたもうたこの世界そのもの」と答え、信仰篤い者——と面倒くさがり共——は「神のみぞ知る」と答えるであろうな。さすれば吾輩はどう答えるべきか。まずは「本当のところはわからない」と謙虚に応《いら》えるにしくはないけれど、吾輩も近衛軍にその人ありと言われた大将軍にして、帝都にかの人ありと謳われた大詩人。無論、一家言ないわけではない。

おそらく目に映る被造物のうちで完璧なものを探すのであれば、それは円形をしているはずだ。なぜかと申せば、完全な被造物は見る者の誰しもがそれを完璧であると感じなければならない。となれば、どこから見ても同じ形をしていなければ道理に合わぬ。畢竟、それは円か球の形をしているに相違ないという次第。

かつて、地上に築かれた都の中で唯一、完璧な円形の城壁によって囲われた都市があったのを知っておろう？　そう、バグダードだ。いま吾輩が四万の軍勢と共に攻め落とした街に他ならぬ。平安の都、円城都市、教王の街、四門の城市――さまざまな名前で呼び習わされた世界の中心に足を踏み入れる瞬間、吾輩の胸には久しく覚えなかった感情が兆しておったよ。

なに、戦利品が欲しいからだろうとな？　まさか！　吾輩は近衛歩兵連隊の将軍としての俸給に加え、詩を献ずるたび少なくとも銀貨千枚は賜る大立者。それを纏ってすっくと立つだけで敵を射すくめる豪奢な鎖帷子《かたびら》も、金箔で聖典の章句を縫いとったゆえ矢も弾もよけて通る胸甲も、天に向かって屹立する白い羽が揺れるディマシュク《ダマスカス》鉄を打った兜も、宝玉がまばゆくちりばめられた鞘も、触れるだけで指が落ちるほどに鋭い剣もみんな持っておる。もはや、鎖帷子もなしに緋色の戦衣だけで騎兵に立ち向かう必要はない。螺鈿《らでん》の海が精緻を極めてその表面を埋め尽くす小銃も短銃も、ほれ、そこに侍る紅顔の小姓が指紋をつけぬよう緑色の布で包んで捧げ持っておる。吾輩の富は戦の獲物だけではないぞ。すべての窓に透かし彫りの枠がついた大帝都の屋敷に帰れば、黒海の幸や子羊の肉に、南は紅海の先の天竺からもたらされた世にも妙なる香料がふりかけられて食卓に並んでおる。腹がくちくなって居室に戻り簾間《れんかん》を透かし見れば、キタイの国を越えた東の果てのアル・ワクワーク《倭》の国に産するという上質の銀を打った酒杯にはボズジャ《テネドス》島の一級品の葡萄酒が満たされ、その水面には美しい稚児と乙女の顔《かんばせ》が映り込む。いまさら、戦利品など欲しくもない。まして、誇り高き生え抜きの近衛歩兵たる吾輩には、戦地で無辜の男女の血に舌なめずりする趣味もないし、手弱女の純潔を手折ってその悲鳴の切実さを品評し合う下劣さも持ち合わせてはおらぬ。

吾輩が心躍らせるのは物語だけ。これまでも、そしてこれからも結局はこれに尽きる。群卿をおしのけて位階を極めたとて、いかな名詩の妙なる調べを巷間に流布せしめたとて、物語の森懐に抱かれるかのような、まだ見ぬ七つ目の神秘のぞわぞわ這い上がるかのような陶酔感こそが、この心を慰めてくれるはずなのだ。そして、いま吾輩の視線の先に横たわるのはバグダードの都。千夜一夜の夜伽話が語られた街にして、イスケンデルが東方遠征へと旅立った街だ。五感と知性とあと一つ。その答えが見つかるとすれば、この街を措いてほかにない。吾輩が、珍しく高ぶりを覚えたとて無理はなかろう?

しかし、天使の気息のように腹の底からふわふわと吾輩の身体を持ち上げる期待感が、城門を抜けて十歩も歩かぬうちに霧散したのはどういうわけか。勇者フェリドゥーンが蛇王ザッハークの千年にも及ぶ弑逆《しいぎゃく》を打ち破った時代よりこの街の周囲を取り巻いていたという無数の運河は干上がり、天日に干したきりの粗末な土煉瓦を積んだ平屋が並ぶばかり。アッバース朝の教王たちが築いた白く輝く円城はもちろんのこと、六万もあったという伽藍も、百万人と謳われた雅にして賢明なる古の住民も、影一つ見当たらぬではないか。

「世界の中心が聞いてあきれるぜ」

副官が吾輩の心を代弁したのをかわきりに、部下共の口からは二つの海と二つの陸に跨《また》がる我らが大帝都の壮麗さを懐かしむ声があがった。長く戦陣を共にしてきた仲だ。別に皆の里心を不思議とは思わぬが、まやかしの縁飾りを写本と共に放棄してきた帝都を顧みる心は吾輩にはなく、曖昧に頷き返したきりであった。吾輩はこのところますます無口であったから、黒い飾り袖の手入れに夢中の副官も、その他の幕僚たちも、上官の態度にさしたる疑念は覚えなかったであろうよ。

市内の家々を接収し、直下の四連隊の寝床と糧秣を確保するころには日も傾き、背の低い家々がくすんだ橙色に照らし出されておった。吾輩は宿舎にあてた豪商の屋敷にあった八芒星形の泉水で顔と耳、手足を洗って礼拝を済ませると、居心地のよい中庭を出て、人に尋ねながら街の北東を目指した。そこにこの街でただ一つ、円城都市の城壁と門が残っていると聞いたからだ。はたして、背の低い土煉瓦の壁が続く素っ気ない通りを抜けていくと、そこだけ他とは違う赤みがかった大きな石材を積んだ立派な城門が姿を現しおった。城壁は跡形もなく、なぜか意味もなく取り残された門の中央には、隧道のように真っ黒な口が吾輩を待つかのごとくに開けていた。

もしや、この門を抜けていけばその先にこそ――そんな一縷の望みを抱きながら、吾輩は壁に手をついて暗闇の中へ足を踏み入れた。ところがな、門の出口が垣間見えそうになった瞬間、背後から気ぜわしげな蹄の音が響いてきたのよ。すわ、吾輩をその背に乗せるブークファールスの登場か！　吾輩は門の先を見定めることもないまま振り返った。

■彼

いつもは彼と店主がくゆらせる二本の紫煙に、その晩は従弟のそれまで加わって、店内はいまやもうもうとして一寸先も見えない。我慢比べのように黙々と煙を噴きだす二頭と一人の中で、最初に目をしばたいて首を振ったのは彼だった。煙が晴れたとき、黒い飾り袖を振り乱して馬を駆って来た副官をどこか残念そうに見つめる少年の肩越しに、河原を覆っていた霧が一瞬だけ途切れた。その瞬間、彼が腕に突き刺さった鏃《やじり》をごりごり抜かれたときみたいに手足をぶるぶる震わせて対岸を睨んだのは、そこに見えた光景に失望したからだ。大河ディジレ《ティグリス》の対岸には土色のみすぼらしい天幕が連なり、岸辺の物干し紐には洗濯物が垂れさがり、漁師たちの舟がうつぶせにならんで藻と黴で黒ずんだ船底を晒しているだけで、物語の枠線どころか、密林の影さえ見えなかったのだ。呆然とする彼を尻目に、副官がだみ声で少年にがなり立てた。

「アフメド様が捕まっちまったんです！」

「……誰に？」

「前の大宰相に決まってんじゃないですか！　あの青瓢箪め、陛下の娘婿になった途端、調子づきやがって！　隊長殿もやばいですぜ！」

　このまま逃げるよう勧める副官には取り合わず、馬に跨った少年がちらりと振り返ったとき、その視線の先には霧がかかる河岸だけが横たわっていた。彼は、物語の山場で場面が変わり、気を持たされるときの苛立ちと、まだ物語が続くことへの安心感の狭間で葛藤しながら、隧道の向こうに見えるバグダードの街明かりに目を向けた。ゆらめく街明かりは、やがて火に炙られた顔料のようにその色彩を溶かし、極彩色の帯となって流れた。

　次に目を開いたとき、眼前には染物職人の店かと見まがう色とりどりの長衣を羽織った近臣たちの列が連なっていた。列の最奥の大天幕の前に据えられた玉座には皇帝が座り、その周りを十《と》重《え》二十《はた》重《え》に緋色の礼装に身を包んだ近衛兵たちが取り囲んでいる。少年が幾度も伺候した謁見式のように見えて、しかし無表情なはずの近衛の幕僚たちは、ある者はどこか困惑したような、ある者は露骨に嬉しそうな、そして多くの者は痛ましげな表情を浮かべて目を伏せているのが、いつもとは違った。彼が近衛兵たちの視線を追っていくと、二人の近衛歩兵が早駆けに興じていて、近臣たちの足元にはまだ顔に汗の浮いた幕僚たちの首がごろごろと転がっている。

　すぐに近衛歩兵たちの間からため息が漏れ、その日五番目となる早駆けの決着がついた。七十アルシュンを駆けて息を荒らげる二人のうち勝負に勝った方の小隊長は、汗で黒く染まり、前のはだけた緋衣を直しもせずに軍列に戻り、負けた方の大隊長は皇帝の前であっさりと首を落とされた。普段は蛾が寄って来ただけで手をばたばた振り回して逃げ回るはずの彼が、ころころと転がって来たその首が足にぶつかっても身動き一つしなかったのは、早駆けの順番を待つ哀れな近衛歩兵や高官たちの間に少年とアフメドの姿を認めたからだった。

○アフメド

わしは五番目の早駆けが終わり、新しい首が転がる様子を一瞥して溜息をつき、すぐ前でぶるぶると震えている黒い飾り袖の副官に肩をすくめ、しまいに涼しい顔で陛下の玉座に眦を向ける同郷の友に感嘆の吐息を洩らした。見よ、この胆力を！　これぞわしが見出した帝国一の才人にふさわしい雅量というものだ。……だが、帝都一の詩人と謳われた我が同郷人の腹帯には、どういうわけか紙束一つ挟まれてはおらぬのが気がかりだ。わしが肩で奴めを小突いたのもそのためだ。

「そなた、よもや助命嘆願の詩を忘れたわけではあるまいな」

奴めはわしの顔と、モスリン織の豪奢な腹帯から頭を覗かせるわしの辞世の詩を見比べて首を振った。

「助命どころか、辞世の詩も挽歌も用意してはおりませぬ」

なんという不調法！　わしはもう一度ごつんと肩をぶつけた。

「もう三日も前に処刑の日取りを知らせてやったではないか！　逃げる時間もあったし、せめて助命の……いや、挽歌を用意する時間もあったものを。このっ、このっ！」

わしがあんまり一所懸命だったからなのか、奴めは声を潜めてくつくつと笑いはじめた。なんじゃ、呑気に！　見れば、黒い飾り袖の副官まで表情が抜け落ちた顔に無理からに笑みを浮かべておる。なんだか馬鹿らしくなって、わしまでしまいにはえへへえへ笑ってしまったではないか。

ひとしきり笑ったのち、わしは兜も大宰相の帽子も載っていない禿頭に風の冷たさを感じながらぽつりと言った。

「しかし、惜しいなあ。最後にこのわしが見出した偉大な詩人の渾身の一句を伽歌《とぎうた》に死にたかったのに」

責めるつもりで言ったのではないぞ。ただ、本当に惜しいと思ったのだ。帝国一とも謳われたこやつめが、その死を前にしていかなる詩を披露するのか知りたかったのだ。すると、奴めは少し困ったような顔をして「せめてあなた様のための挽歌は用意しておくべきでした」と頓珍漢《とんちんかん》な詫びの言葉を吐きくさりよった。……まったく、髭面に白いものが混じってもなお、あの日に見た感じやすい少年のごとき繊細さだ。であればこそ、わしもまた練兵場でこやつを扱《しご》いていたときと寸分たがわぬ声音でこう言ってやったのよ。

「神かけてすべては無常《ヴァッラーヒクッラマンアライハーファーニン》、よいよい」

年の離れた兄のように偉ぶったわしの態度に、奴めも目を細めて微笑みおった。その爛漫な姿に慈しみを新《あらた》にしつつも、小姑のようにちくりと言うのも忘れはせなんだがな。

「しかし、他に服はなかったのか？　よりにもよって、そんな古臭い緋色の軍装なぞ着てきおって」

　すると奴めは、いつかと同じ――チャルディラーンの野であったか、ミスリーヤであったか、あるいはヴィヤナ《ウィーン》の城壁の下であったか――きらきら輝く瞳で答えたのだ。

「何を仰いますやら。吾輩は近衛歩兵ですぞ」

　わしはもう一度、草臥れた緋衣を上から下まで眺めまわした末に首を振った。いつまで経ってもわしの思い通りにならず、それゆえにこそ愛しい年下の同郷人に、いつもと変わらぬ助言をするためだ。

「いいや、そなたは詩人だ。であれば、詩人らしく踝まである長衣を着て、柄なしの細帯を締めるべきだ。上にはいつもの飾り袖付の礼装などではなく、袖なしの上着を羽織ってな。それでこそ、帝国一の叙事詩詠みと言われたそなたらしい」

　奴めはふたたびすまなそうな表情を浮かべてから、帝王の御前まで続く七十アルシュンの真っ青な草地へ目をそらすと、さきほどの言葉を繰り返した。

「……せめて、あなたのための挽歌くらいは用意しておけばよかった」

　やがて六番目の首が転がり、我が同郷人と黒い飾り袖の副官の名が呼ばれた。開始線に立てられた連隊旗を挟んで、副官は悲しそうに頭を下げている。あやつは早駆けが不得意だからなあ。すぐに大天幕の前の旗が振られ、二人は駆けだした。前に進んでいるのか、飛び上がろうとしているのか分からない蛙のようなあやつと、黒い飾り袖が乱れるのも気にせずに駆ける副官の差は見る間に広がっていく。新しい大宰相の領袖たちが安心したようにほくそ笑みを浮かべたのも束の間、大天幕まであと少しというところで、副官が躓いてしまった。黒い飾り袖を踏んづけたのだ。すぐに起き上がればいいものを、副官は倒れたまま嗚咽を洩らしはじめ、わしはと言えば思わず「ほう」と唸ったものだ。あやつが助かりそうなのも嬉しかったし、気障な副官が思った以上にあやつに心酔していたのが、我がことのように誇らしかったのよ。

ところが、ところがだ！　息を弾ませて追いついたあやつめは、あろうことかその場で跪《ひざまず》くと飾り袖を引っ張って副官を助け起こし、その背に手をかけて陛下の目の前に立てられた旗印の先へ押しやったのよ。黒い飾り袖に合わせて旗印から下がる二つの黒い房飾りが揺れ、頂きの三日月が副官の勝利を祝うように場違いにまたたくのを目にして、わしはみすみす命を捨てた阿呆に正真正銘、激怒したものよ。しかも、あやつときたら裾についた泥を払うと、わしの怒りなどどこ吹く風とばかりにゆっくり緋色の長衣の前と裾を直し、兜の白い羽がしっかりと左肩の前で天に向かって屹立するよう小脇に抱え直すと、最後に颯爽と飾り袖を肩にかけ、悠々と連隊旗を越えて皇帝の前に額ずいたのだ。いまではフランク人たちから壮麗者と呼ばれるようになった我が陛下は少しだけ竜眼を見開かれてから、御身《おんみ》の左に控えていた新たな大宰相へ目配せをなさった。すると新しい大宰相は腹の前で慇懃に組んでいた両手を広げて嬉しそうに頷き、なんとわしに向かって勿体ぶった手招きをしおった。宮廷の箱庭で育った青瓢簞のくせに！　わしが生涯最後の早駆けさえ許されずにとぼとぼ歩いて陛下の御前に跪くと、大宰相は喜色を隠そうともせずに髭を捻り、雀みたいにじくじくじくじくとあらぬ罪状を囀った末に「そなたらの上に神の慈悲あれ」とおざなりに結び、さらにこう畳み掛けた。

「さて、近衛歩兵連隊長殿、あなたは帝都一の叙事詩詠みと言われたお人だ。一つ、ご自身なり、そこなへぼ詩人――いや失敬、アフメド閣下《パシャ》なりに挽歌を捧げてはもらえませぬかな？」

言外に助命を請う詩を望みながら、つやつやと赤い頰を輝かせる大宰相を興味なさそうに一瞥したあやつめは、すっくと立ち上がって玉座に座られる我が陛下に頭を垂れた。

「神の御名において、この世をしろしめす皇帝陛下に称えあれ。また、新たな大宰相閣下が、御国の天にかかる蒼穹を支える確かなる支柱となりますように。――さて、陛下の代理人たる大宰相閣下のご下命ではありますが、きっぱりとお断り申し上げる」

ぴくりと眉毛を震わせた大宰相に目を眇《すが》め、あやつは続けおった。

「……ときに大宰相殿は、かの長大にしてその美懸絶する『王書』でもっとも赫奕《かくやく》たるのがどの部分かご存知か？」

怪訝そうな表情を浮かべる大宰相を小さく鼻で笑ったあやつは、陛下や高官たち、そして近衛歩兵たちを見回して大声で言った。

「それはフェリドゥーン王が蛇王を封印した神話の部分でも、いまやアラブの騎士たちの侵攻を前に滅びゆくサーサーン朝の悲哀を詠んだ部分でもない。まして、大宰相殿と同じ名を持つロスタムが戦った英雄の時代でも」

「……では近衛歩兵連隊長殿におかれては、どの部分がもっとも優れると仰るのかな」

臆病者の常で、自制心だけは一人前の大宰相がそう問うと、あやつめは今度こそみなにも聞こえるように鼻を鳴らした。

「春雷の到来を謳う冒頭部に決まっておる。神の恩寵はあらゆる詩人の初作にこそもっとも多く与えられるのだから」

帝王と大宰相を前にして顎を引き、挑むようにのたまった近衛歩兵連隊長に、遠巻きに輪を作る近衛兵たちの間から漏れた感嘆の溜息。それを背に、あやつめは怒りで顔を真っ赤にする大宰相に一礼してから陛下に向き直った。

「陛下、人生もまた叙事詩に似てございます。イスケンデル大王と同じ地に生まれ育ち、陛下と、陛下のお父上に従って東へ西へ、北へ南へ遠征に明け暮れた吾輩らの物語が終幕を迎えなんとするいま、はしたない助命の詩を詠んでは吾輩……とアフメド殿の名が廃《すた》るというもの。なにとぞ、挽歌は他の者にご所望下さいませ。それこそ、我が同郷人たるアフメド殿にさえ劣るへぼ詩人のそこな大宰相殿にでも」

大宰相は何とか怒りを抑えつけて、腕を振った。首切り用の幅広の剣を肩に載せた処刑人が近寄って来るのを見て目を閉じようとした刹那、弱々しい声があがった。

「待て」

声の主は我が陛下だった。大宰相が驚いたように振り返ったところを見ると、筋書きにないお声掛かりに相違あるまいて。我が陛下は祝宴のための陣幕のように緋色と緑色の縞模様を作って整列する近衛の幕僚たちの機嫌を推し量るように左右を見回してから、あやつめにその竜眼をひたと据えられた。

「余はそなたの自信たっぷりで鼻持ちならないところは好かないが、それ以上にその胆力と、公明正大で飾らぬ人柄を愛しておる。父上の指揮のもとチャルディラーンの野でペルシアの赤頭《キジルバシ》どもを討ち、ミスリーヤの騎兵を滅ぼしてカーヒラ《カイロ》を落とし、メッカの貴い族長方《シャリーフ》を我が帝国へ連れ帰ったのはそなただ。余とともにヴィヤナ《ウィーン》の城壁の下で寒さに耐え、ロドス島の異端の騎士どもを追い払った素晴らしい軍将だ。なにより、この帝国で久しく編まれなかった長大な叙事詩を五編も詠んで余に献上し、地上においてもっとも広大にして崇高なる我が帝国の光輝あふるる諸々の芸事に大輪の花を添えた詩人でもある。……そこのアフメドは惜しくないが、そなたは別だ」

陛下がいかにも生まれながらの帝王らしく、聖典の第一章を諳んじるくらいの短い時間で臣下の人生をまとめ果せると、近衛歩兵の幕僚たちや何人かの近臣たちも頷いた。陛下はそれを確認してから新たな大宰相を手招きした。やがて、しぶしぶと言った風情で大宰相がわしら――いやあやつの前に戻ってきた。……陛下、もちっとわしのことを惜しんで下すっても罰は当たりませんぞ。

「その方の歩兵連隊長の任を解き、国外追放とする」

そこまで言って一息つくと、大宰相はかすかに口許を歪めてこう付け足した。

「……なお、あなたの財産の一切は、いまこのときより国庫に召し上げられ、以降、繁栄を極める帝国の諸国土をその足で踏むことは許さない」

故郷にも帰れず野垂れ死ね――わしらにだけ聞こえるように毒づいた青瓢箪めに、あやつは腹の前で両手を組んで深々と頭を垂れた。その目尻から数滴だけしたたった涙が緋色の上衣に垂れて、黒々とした点を浮き上がらせた。居並ぶ高官たちの中には物語の一幕のような美しい君臣のやり取りに心動かされて目頭を押さえる者もいたが、欲目を措いてもあれはこのわしのために流れた涙だと思うのだ。なにせこのあと、あやつはわしに素晴らしい贈り物をくれるのだからな！

●少年

二度と下げることのないであろう頭を下げ、兜をかぶり直すと、吾輩は丸まった背筋をなるたけ伸ばし、そのまま三歩あとずさってから踵を返した。その拍子に、久しぶりに履いた鋲打ちの軍靴で踏みしめた絨毯がこつんと小気味よい音を立てて短音を奏でた。帝王の絨毯が汚れるのを気にした小姓どもが下に木板でも敷いたのであろうか。ここから下りたら最後、豪奢な絨毯も大理石が敷き詰められて艶めかしく輝く宮殿の床も踏みしめることは叶うまい。ここから東の果てのイスケンデルが遠征した国までの間には、延々と草の海が広がっているきりなのだ。なればこそ、吾輩は絨毯の端までほんの十六歩をゆっくりと噛みしめるように踏んだのよ。愛すべきアフメド殿を想って快心の笑みを浮かべながらな。

タータタター、タータタター、タータタター、タータター――さあ、これでいい。吾輩の詩はすべて、アフメド殿にあげてしまうのだ。せっかくの韻律に美しい言の葉を乗せられないのは申し訳ないが、そこはご勘弁願おう。背後から心優しきアフメド殿の声が聞こえたのは、最後の長音の余韻が奏でるかんっという反響を残して草地に降り立ったまさにその刹那であった。

「……早駆調《そうくちょう》」

顔だけそちらに向けると、いまにも振り下ろされそうな白刃の下でアフメド殿が、泉亭の前で出会った若い近衛歩兵そのままのくりくり眼を悪戯っ子のように細めて吾輩を惚れ惚れと見つめていた。

「気取った歓調《かんちょう》でも、ありきたりな風吹調《ふうすいちょう》でもない。まして頼りのない揺調《ようちょう》のはずもない。勇壮な早駆調《そうくちょう》だ」

そう言って、アフメド殿ははじめて詩を捧げたときと同じように、恭しく右手を心臓にあてがって口許を綻ばせた。

「仕舞まで挽歌ではなく、武勲詩を贈るとは、まさにそなたの別れの押韻にふさわしい」

二度とくぐることはないであろう陛下の御座所を出て、はじめは軍靴で泥道をずぼずぼと歩いておった吾輩が、そのうち泥を蹴散らしながら早駆けをはじめたのは、なんだか少年のころのように身体が軽くなって、背がしゃんと伸びたような気がしたからだ。こみ上げる笑いを抑えきれず、陛下の大天幕が見えなくなったところで——さすがの気のいい上官も、自分が首を落とされるときに哄笑されては気を悪くするであろうからな——とうとう我慢できずに大声で笑いだしてしまったものよ。見る先、聞く先、通る先、バグダードの老いも若きも、その貴賤を問わずにこぞって道を譲ってくれるのが愉快でならぬ。緋色の軍服を着た老人が泥をまき散らして走って来るのだから無理もないがな。しかと見よ、もはや近衛歩兵連隊長でも、当代随一の詩人でもないただの老いぼれの狂態を！

そのまま意気揚々とした足取りで兵営を出ると、後ろから近衛歩兵たちが追いすがってきた。吾輩が悠然と都大路を進んでいくうちにも、近衛歩兵たちは先回りしようと左右に散っていく。さては、ずる賢い大宰相殿が手を回しておったな！　やがて、行く手にホラーサーン門が姿を現すと、みるみる間にその両端に再結集した近衛歩兵たちの緋衣と、天に向けられた小銃の列がずらりと並んでいく。吾輩も負けじと緋衣を翻して駆けていくと、あの門の隧道の向こうにまでその列は続いておって、さらにその先の対岸にひしめき合う泥と砂で汚れた小さな天幕からは、空色の長衣を身にまとった幼年兵たちが転《まろ》び出てくるのだ。すわ、礫《つぶて》でも浴びせられるのかと思えば、少年たちが愛らしい顔を上気させて「フーフーフー！」と歓声をあげ、近衛歩兵たちの銃列がぱっくりと左右に割れるではないか。

石橋へ踏み出した吾輩を守る空色と緋色の向こうから、吾輩の名を呼ぶひときわ大きなだみ声が聞こえてきた。声の方を見ると、人波を押しのけた副官が膝に手をついてぜえぜえ息を弾ませながらこちらを見上げておった。吾輩は雅さの欠片もなく無様になびく黒い飾り袖を見てますます大笑いしたものよ。

「もう二度とは助けてやらぬぞ！」

喝采、口笛、野次、囃子——かくして吾輩はこの世で最も偉大な帝国の、もっとも精強なる兵と、この世でもっとも壮麗な都の家々楼々を埋め尽くす人々の快哉の大音声に見送られて、ホラーサーン門の向こうに広がる無窮の大地を貫く王の道へと踏み出したのである。

久しぶりに全力で早駆けして痛む腰を擦りながらディジレ河の弟である東のディヤーラ河の岸辺に到達したころには、すでに真夜中になっておった。吾輩の背には笈一つ、小銃一丁なく、腹帯にも短刀一振り、短銃一丁も手挟まれず、無論、腰には佩剣《はいけん》の重みも一ディルハムとてない。あるのは頭上でまばたきをする満天の星と、足元の白い砂、そしてお誂え向きに霧が立ち込めて弧を描く大河のみ。吾輩は颯爽と緋衣を脱ぎ、兜を放り出すと、確かな足取りで渚へ降りていき、いましかないとばかりに駆けだした。その瞬間、背後から何かの蹄の音が聞こえたような気がしたけれど、吾輩はもう振り返らず、そのまま霧にけぶって一アルシュン先も見えない河へ飛び込んだ。そうしてずんずんと水を割って進みゆくと、ふいに吾輩の足を何かが強く引っ張った。見れば、真っ黒な毛並みの馬——いや驢馬の流麗な巨軀が姿を現し、吾輩の足首を嚙んでおるのだ。それどころか、その驢馬は吾輩を引っ張るとぐんぐん元いた岸の方へ戻っていくではないか。お蔭でしこたま水を飲まされ、岸に上がったときには咳き込んで荒い息をつく羽目になったものだ。水が張ってぼやけた視界から邪魔者を見やると、さきほどは確かに驢馬に見えたものがうにゃりと歪みはじめ、漆黒の毛並みが黒い長髪に、濡れそぼってなお優美な癖を失わずに逆巻く毛並みが七色に変じていって、色とりどりの魔よけや飾り紐に様変わりし、木の幹のようにがっしりとした脚と蹄が十重二十重に巻かれた脚絆に変化《へんげ》してゆく。足許から上へ視線を移せば、汚れた幾枚もの肌着が覗く胸の上では、眠たそうな眦だけ残して長い鼻面が縮んで浅黒い人の顔へと縮み、終わりに驢馬のような面長な顔の大半を占める大きな鼻の下の半開きの唇から覗く歯が、呆れたように歪められた。ことが済んでみれば、現れたのは汚らしい流れ者然とした語り部に違いないのだけれど、星明りと大河の反射光を前にしてもゆらめき一つしない底なし沼のような瞳が、その翳りには不釣り合いな気遣わしげなさざ波を立てておった。

◆

入水自殺を試みた少年を河岸に引き上げた私が、水を払って語り部の姿になるさまを見ても、彼はさして驚いた様子を見せなかった。私はなぜこんな馬鹿な真似をしたのかと詰め寄るのも忘れて、どうして驚かないのかと尋ねた。

「驚くも何も、お前は幼き日よりいつもその暑苦しい驢馬面で吾輩の行く先々に現れたではないか。……まさか、気付かれていないとでも思っておったのか?」

私は愕然として、気を抜いた拍子にふたたび驢馬の姿に戻ってしまったのにも気が付かず、その場にすとんと尻もちをついた。気の毒に思ったのか、少年はおずおずと近寄ってきて私の鬣を少し乱暴にわしゃわしゃと撫でながら言った。

「いや、まあ語り部の正体が驢馬であったことには驚いたぞ! うむ、肝がつぶれそうになったわい! ……お前は、あの沼で溺れていた驢馬だったのだな」

私が頷くと、少年は眉間に皺を寄せて責めるような口調で言った。

「精霊か魔物か知らぬが、命を救ってやったろうに! なんとも邪魔をしてくれたものだな。見ろ、霧が晴れてしまったではないか」

少年の指さした先では霧の狭間から、私が予期した通りの、つまりは少年には不釣り合いの尋常一様の河岸が顔を覗かせている。土色の民家の物干し紐には洗濯物が垂れさがり、漁師たちの舟がうつぶせに並んで、藻と黴で黒ずんだ船底を晒しているだけなのだ。霧と一緒に晴れた空から降り注ぐ星明りを映して、波一つない湖面のように眩く瞬く少年の瞳と、河岸を見比べて私は首を振った。

「こんな河を幾つわたっても何にもならない。洗濯物や小汚い小舟の代わりに、帝王の旗のはためきや、イスケンデル大王の軍勢を運んだ船列が、あの先に見いだされなければならないのだから」

意地になって一気にまくし立てると、少年はやれやれとばかりにお椀の形に重ねた両の掌を天に向けた。

「いいや、霧煙るうちに是が非でも越えねばならなかったのだ。お前が教えてくれた七つ目の神秘がこの胸で燃え盛るいままさにこのときを逃しては枠線の向こう側へ行く道には届かなかったというのに！」

少年はそう言って自分の左胸をとんとんと叩いた。

「……答えが分かったのかい？」

私がかすれた声でそう問うと少年はようやく渋面を緩めて、少し得意げに顎を突き出した。

「神秘の名前こそ見つからぬがな、少なくとも越え方は分かったぞ。そも、枠線なる概念を作り出しているのは、大人の振りをする餓鬼んちょであり、つんと澄ました詩人であり、偉ぶった学者であり、あるいは正体の知れない驢馬であり――つまりお前だな――なにより吾輩自身であった。昨日までの吾輩はこの世界を無理からに押しのけて密林の葎へ踏み入ろうとしておったがな、本当は吾輩自身をちょこっと変えてやるだけで良かったのよ。……はは あ、お前にはまだ分からぬようだな」

少年はぴくぴく物凄い速さで振られていた私の耳をはしと摑んで止めると、そのまま立ち上がり、ふたたび霧が出てきた渚に向かった。私が思わず彼に縋りついたのは、彼がそのまま水面にぶくぶく沈んでいく未来しか見えなかったからだ。

「待て、待ってくれ！　その神秘の名前を教えてほしい！」

少年は私に嚙みつかれた肌着の裾をじっと見つめ、いましも薄れてゆく霧と私を幾度も見比べて、なおも逡巡するように両眉の端を下げた。

「イスケンデルは――」

私は少年を見上げながらそう言った。……すでに周知のことではあるが、私の物語はどの二本足よりも長く、そしてそのひと刹那とて失われない鮮明さを湛えている。であるからこそ、私はあのとき自分の口をついて出た失言を思い返すたびに恥じ入り、穴を掘ってでもそこに潜り込みたくなるのだ。

「――イスケンデルは、なにも一人で東の世界の最果てへ向かったのではない。大王の姿は……その……常に愛馬ブークファァールースの背にあって、分かたれたことはなかったはずだ」

少年はいまや長い黒毛の下で真っ赤に染まった私の顔を見下ろして、面白そうに片目を細めて口許を歪めている。

「だから、まあ、その、私の背に乗っていくといい……と思うんだが」

情けないことに、明晰な知性で膨大な記憶を探っても、そのときの私には自分の背《せな》以外に彼に与えられるものがなかったのだ。そして少年は、ぺたりと垂れ下がった私の耳をそっとつまんで指で弄びながらこう答えてくれた。

「……そうだな。お前の言い分ももっともだ。そもそも、吾輩の物語の幕をこじ開けたのはお前なのだから、吾輩の見つけた答えの名を突きとめるまで一緒に行くとしようか。千里《フェルサング》を駆けるという駿馬でないのは残念だが……」

それから少年は耳から手を離すと、私を上から下までじろじろ見まわした挙句に極上の笑みを浮かべた。

「だが、驢馬も驢馬でいいものだ。吾輩のこの晴れやかな心には、陽気でちょっと間の抜けた驢馬の方がお似合いだ。ときにお前、名はなんという?」

「……私たちの一族は、ある大馬鹿者のせいでこの三百年、名乗れずにいる。だから名はない」

ぶっきらぼうに答えて川辺にうっちゃられた緋衣と兜を咥えあげると、少年はあいわかったとばかりに膝を叩いた。

「ようし！　では、お前をブークファールースと名付けて……」

「私の前で馬の話は遠慮してくれないか。連中と一緒にされるのだけは我慢がならないんだ」

私は緋衣と兜を咥えたまま腹立たしげに歯を剝いて盛大に涎をぶっかけてやった。少年は顔をしかめて「自分で言いだしたくせに」とか何とかぶつくさ言いながら、私の裸の背中にひらりと跨った。私も少年には聞こえないように「私もまさかあの笈の代わりに二本足を背負う羽目になるとは思わなかったよ」と毒づいてから、友を背に乗せる疼くような感覚に身を任せて嘶いた。

終夜

■彼

「ぶるるるるん！」

稜線に顔を覗かせた夜明けの曙光に向かって嘶き声が響きわたり、バグダードを発った少年と驢馬が無窮の大地を東へ、東へとひた走り、やがてブークファールースとイスケンデルでさえ目にはしなかった草原の海の彼方に至るまでの物語に耳をそばだてる彼は、酒気と紫煙の狭間でうつらうつらしながら、いつも耳の奥から響いていた声が止んでいるのに気が付いた。少年の声が、朦朧とした意識に易々と入り込み、彼を現実に繫ぎ止める諸々の頸木を一つ一つ外し、かさぶたを剝すがごとき痛みと快感で塗りつぶしていくかのようだ。日記には、そのときの彼の気持を代弁するかのような少年のセリフが記されている。

「友の背に跨って草の海を駆け抜ける爽快、ジェンギズ・ハーンの裔に謁見したときの高揚、東胡と呼ばれる人々の天幕に軒を借りて結んだ友誼、バグダードと並び称されたクムダン《長安》の都で胡人の娼と別れた憂戚、ウィルタ人の頼りのない船で氷の浮く不可思議な海を渡った恐怖、イスケンデル大王でさえ辿りつかなかったアル・ワクワーク《倭》の国の苔むす土を踏みしめたときの満足、そして、いつも傍らに侍る友の黒い毛並みを撫でるときに湧き上がる愛――これすべて、物語の只中に暮らすかのような尽きせぬ昂揚感と、物語の森懐に抱かれる快楽を吾輩の心に惹起し、しかしていいっかな飽きさせせぬ日々であった！」

つまるところ彼は、十数年ぶりに物語に耽溺し、その森懐に抱かれて安穏にしていたのである。しかし、その微睡《まどろ》みを激しくも優しく揺り動かすように少年の声が響き渡った。

「残された命題は只一つ、吾輩にこの尽きせぬ快楽と高揚をもたらす神秘の名を探り当てることだけだ！」

睡魔に抗いながらも『そう、それだ』と彼は呟いた。いまや、少年と共に物語の身体の七つ目の謎を探し求める彼ではあったけれど、現実を物語にしようとした少年と、現実を現実として見定める驢馬と、物語に逃げ込む彼を繋ぐであろうその神秘の名は、いまだ明かされていなかったのだ。そして、いまや少年と驢馬の足跡は彼が管を巻くこのアル・ワクワークの国へと至った。さきほど、国の中央を貫く森に覆われた高峰を越え、広い平野に出て天狗などと大騒ぎされた少年ではあるけれど、その行く手にはもう古人がただ海《わた》とだけ呼んだ大洋が広がっているきり。少年と驢馬に残された時間は少ないのだ。

「斯《かく》て、夜伽姫《よとぎのひめ》は波斯《ペルシア》の国の王様と抱きあい、明晩の伽に備えて瞼を閉じしかばありき――」

しかし、今夜もまた村の庄屋の囲炉裏端に響いた驢馬の囁き声が彼の焦燥感を慰撫し、押し止めながら眠りの世界へと誘うのだった。

耳許で紡がれた少年と驢馬の物語の終幕を夢うつつに聞きながら、はたしてどれくらいのあいだ彼は微睡んでいたものか、ついに紫煙は晴れ、酒気が飛び、歓楽街の歓声も途絶えたしじまの中ではっと目覚めて店内を見回したとき、彼の目の下には涙の跡がありありと残っていた。

「そんなに悲しい終幕ではなかったと思うが」

困惑したような従弟の声が聞こえても、夢から覚めきってしまったかのごとき感覚が頭から離れず、彼は自分の現実と物語の間に枠線を意識せずにはいられなかった。だからこそ、永遠に物語の森懐に抱かれる快感に身を委ねたという少年が少し妬ましく、これから人気のないアパートへ帰宅する自分がさもしかった。手拭を目元にあてて彼が少し甘えるような声でそうぼやくと店主がぶるんと鼻を鳴らした。

「幕間を挟まにゃ、次の物語がはじまらんだろうに」

『でもそれは別の物語です』――彼がそう返すと、この世でもっとも有名な驢馬である店主は太鼓腹を突き出して、うんと顎を上げた。

「そいつを繋げるための幕間なんじゃないか！　表の看板にある通り、俺は幾つもある驢馬に乗った間抜け共の物語を繋いで見せたぞ」

彼ははじめて小さく笑って『それで歴史に残る名前が駄馬《ロシナンテ》なんて、ほんと失礼ですよね』と返した。店主はひとしきり笑ったのち、彼の前に置いてあった空のビールジョッキを持ち上げて洗い場の水につけた。

「従弟殿の物語を終いまで聞けたのはこれが初めてだ。お前さんのお蔭だな」

二十年近くも通ってきたけれど、今日この店を出たら最後きっともう二度と辿りつけないだろう――彼は鼻の奥につんとした痛みを感じながら従弟の方へ目をやった。しかし、黙ったまま膝の上の兜を愛おしそうに撫でる従弟に何と声をかけて良いかわからず、結局そのまま扉を開けてとぼとぼと真っ暗な表へ出た。店の前に停めておいた自転車のハンドルを押して二、三歩進んで、彼は名残惜しげに振り返った。最後にもう一度、店の姿を目に焼き付けておこうと思ったのだ。素面ではなかなか入り込めず、しかし出るときは商売女のように素気なく彼を吐き出した狭い径《こみち》、幾度となく彼のげろを受け止めてくれた古いアスファルト、そこにはじめからあったように暗い路地に溶け込むぼろぼろの彼の自転車、姦婦の真白い柔肌のように誘うくせに、神だけが作り出せる熱のない炎よろしく彼の身を焼き尽くすこともないまま、今日まで生かしてくれた裸電球、そしてその燦然たる火輪に照らされた八芒星形の木の看板——白と黒の正方形、白と黒の菱形、それらに囲われた白と黒の真円。合計六片によって、あたかも永遠に完成することのない人の子の宇宙を模《かたど》るかのようなその看板の下に、ぽつんと佇んでこちらを見つめる最後の一片の姿があった。

「振り返らないで行ってしまうのかと思った。忘れ物だ」

そう言った従弟の手に握られていたのは通算三十七冊目の日記だった。彼が呆けたように突っ立っているのを見て、従弟は彼の日記を勝手に開くとぱらぱらと捲りはじめた。

「……なんだ、私たちの物語を繋げてくれたのか。しかも、七つの夜に分けるとは、二本足にしては気が利いている。ああ、それにこの黒く滲んだ汚らしい枠線。うん、悪くない。少なくとも、少年が珈琲店に忘れていった写本なんかよりずっと上出来だ。なになに——いつも酔っぱらってやって来ると思っていたが、いやはや、あれが君なりの礼儀だったのか」

彼は途端に恥ずかしくなって、急いで自分の日記を受け取ると自転車の籠に放り込んでしまった。でも、そのキャンパスノートを見つめる従弟の瞳が、いつだったか暗い図書館で物語を渉猟していたときと同じようにうっすら細められているのが、少し誇らしかった。

彼は今度こそちゃんと礼を言って錆びた自転車を押しはじめたのだけれど、後ろからかけられた従弟の声を聞いて無性に嬉しくなってしまい、颯爽とサドルに跨ると一心不乱にペダルを踏みはじめた。やがて大通りに出ると、驢馬の鬣を掴む少年のようにハンドルを握りしめ、そのまま下り坂でぎゅうんと加速したまま上り坂にとりついた。

――語りたい物語が出来たら、また来て欲しい。手伝うよ。

ぎこぎこダンシングするうちにも、彼の頭の中は真っ白になっていって、その隙間に少年と驢馬の物語の終幕がまざまざと蘇った。前輪が穴ぼこに嵌《はま》って、がたりと車体が揺れ、一瞬だけ我に――彼に返りそうになったけれど、気にしなかった。枠線の越え方を知ったところで、彼に易々とそれが行えるわけがないのは、まさにその枠線を消しては引き、引いては消しを繰り返してきたのだから、もう十分に分かっていて、いまさら慌てるようなことではなかったのだ。となれば、むしろ消しゴムを一切寄せつけず、あたかも少年と驢馬の物語への敬意と憧憬を託されたかのように黒々と残るただ一枠《ひとわく》にこそ、彼なりの未来があるはずだ。では、彼の日記の終幕にして序幕たる最後の枠線を引用して、ひとまずの終わりとしよう。

幕間

●少年

ある晩、帝国の農民どもとよく似た言葉を話す遊牧民に借りた幕屋の明り取りの穴から覗く星空を眺め、草の海を渡る風の音に耳を澄ませていると、その沈黙の中に言の葉が浮かんできて、うにょうにょと文字と音声が入り混じって木霊した。吾輩は雪のようにゆっくりと舞い降りるその落花を存分に堪能しながら、しかし手を出して溶かしてしまうような無粋な真似は控えて、それが落ちる端から白い砂になって自分の知性のどこかへ沁みこんでいくのを見守った。気が付くと吾輩は心の隅へと堆積した落花の真っ白い山の頂上に立っていて、長年探し求めていた答えの、さざ波のようにかすかな声音を聞いたように思った。

ある晩、囲炉裏の火が煌々と照らしあげる天井の低い村長《コロクル》の家で、絡み合った蛇のような刺繍を袖口やら裾やらに縫い取った不可思議で美しい上着を羽織った村一番の年寄りが延々と語る物語に耳を傾けた。やがて疲れて寝入ってしまった老婆に茣蓙《ござ》をかけてやり、吾輩は虫の音を聞き分けようと瞼を閉じた。凍てつく北の海の優しいさざ波の音だけを伴侶とした心地の良い沈黙の中に、ふいに物語の立てる潮騒の音が混じりはじめるまで、どれ程の時を要したろうか。海面のどこか遠くで立った大波がやがて小舟を揺らすように、僻遠の荒野や、血腥《ちなまぐさ》い戦場、あるいは秘された洞窟に響きわたった英雄たちの喊声《かんせい》や民草の歓声、美姫の艶笑や悪魔の囁きに吾輩の心もまたさざ波立った。気が付くと、真っ白な砂粒で出来た砂浜に立つ吾輩の足元を、最初はごくかすかだったさざ波がいつの間にか立派な波となって洗っていた。

ある寒い晩、宿場町の厩の中で我が友の大きな身体に身を寄せて暖をとっていると、色町のさんざめきが遠く運河を渡ってきた。喝采、口笛、野次、囃子——いつしかそれは、懐かしい兵営や宮殿の中庭、高官のお屋敷はもとより、あの店主の珈琲店や帝都の辻々、あるいはチャルディラーンの野やミスリーヤの兵営、バグダードの都大路、はたまた星と草で編まれた草原の夜や沿海州の渚の宵に響いた人々の声となり、イスケンデル大王さえ辿りつかなかったこの国で日夜、吾輩が賜った嬌声と溶け合って、ぐわんぐわんと耳の奥で巡りはじめた。背中から聞こえるわが友のぶるぶるという盛大な鼾が重なって、苦笑して耳を押さえようと手を持ち上げた瞬間、吾輩はふっと悟った。

そうか、吾輩が物語を詠みあげる声や朗誦した詩の調べも、それに寄せられた称賛も、あるいは妬みや憎しみの罵声も、物語から響く英雄たちの鬨《とき》の声も、つまるところ我が友の鼾と大差ないものだったのだ。なぜなら、それらの愛おしい声のすべてが吾輩たちの物語の森を刺し貫く幹であり、葉脈なのだから。剣、小銃、緋衣、恩人、友、主、紙、筆、文字、音、詩、詩想、砂、風、森、ありとあらゆるすべてを繋いで、ようやく物語はまったきものとなるのだから。吾輩は耳を覆うなどという勿体ないことはもう二度とせず、それらの声を聞き分けるなどというおこがましい真似も控え、おおよそ凡ての言葉と音の多重奏に身を委ねた。

「帝国の近衛歩兵にされるのだ」、「赤頭《キジルバシ》どものお出ましですぜ！」、「わしはそなたの詠む詩を聞いてみたい」、「落葉の中から、連隊長様の物語の一葉をこの手で摑み、精々それを肴に詩を詠んでご覧に入れましょうぞ！」「神かけてすべては無常《ヴァッラーヒクッラマンアライハーファーニン》、よいよい」、「フー！　フー！　フー！」――「その割に熱心に聞いていたじゃないか？　君はまるで昔の――私のようだったよ」。

無数の生者と死者のあげる声音が寄せては返し、やがて足元の白い砂をさらったその下に、吾輩はようやく我が友たる驢馬が知らずに残した最後の手がかりを見つけた。なんだ、お前は最初から答えを知っていたのではないか。

吾輩の好悪や思い込みでこの世に線を引こうとするのが、そもそも誤りではなかったか。しかし、それでもなお、本来はなかったはずの境界線を設けさせ、しかしてそれを取り払い、接《つ》ぎ、繋ぎもするものは何か？　吾輩は我が友の毛むくじゃらの首筋を撫でながら、ひどく簡単な答えだと思った。……しかし、いかようにこの答えをば、雅やかかつ、大立者たる吾輩にふさわしい恰好のいいやり方でこの友に伝えたものか？

◆

アル・ワクワーク《倭》の国に渡り、その日暮らしの語り部をして糊口をしのぐようになったころには、少年の頭は禿げあがり、髭も真っ白になっていたが、それでもあい変わらず元気で自信たっぷりだった。

少年の故郷に少し似た森深い山々を抜け、広い平地に降りて、やがて懐かしい潮の香りを嗅いだときには、漲《みなぎ》っていた筋肉はしぼんで肉の張りは失せ、顔は皺だらけになっていたけれど、頭と口はまだしっかりしていた。もう、早駆けもできず、足で韻を踏むことさえままならなかったけれど、少年と私は天気のいい日はいつもこんな風に挨拶を交わして笑いあったものだ。

「この国は雨が多いけれど、今日は天気がいいね」

「吾輩の心は日々これ、いっかな曇りを知らぬ日本晴れよ！」

その日も、私と少年はいつものように庄屋の家で伽語り《とぎがた》をして、閉鎖的ではあるけれど、気のいい村人たちから干し魚を貰った帰り道だった。もう足腰が弱って足元も定まらず、私に寄りかかるようにして歩くくせに、その日も少年は散歩に行こうと言い出した。いつものように辻を海の方へ曲がろうとすると、少年は青々と茂った村の後背の山々を見上げて、丘を登ろうと言ったのだ。

「森の近くの方が雅やかで恰好がいいからな」

雲一つない蒼穹を戴いて、この世のあらゆる緑色の顔料を墨流しにしたようにどこまでも続く森と、波一つなくこの世が果てるクーフ山の際まで続く凪いだ海。その両方を眼下に見下ろしながら丘の草の上に腰を下ろすと、私は年老いた身体を温めてやろうとそっと身を寄せた。少年は恥ずかしがって身を引こうとしたのだけれど、私はそうはさせじとさらに彼を引っ張った。年寄りの非力な身体が、永遠に若いままの私に勝てるはずもない。しばらく綱引きを続けると、少年は仕方ないとばかりに笑って私の背中に腕をかけた。すると、待っていたかのように森の匂いのする春風が吹き下ろした。少年は手で庇を作って森を見渡すと、にんまり笑った。

「ああ、懐かしい森の香りがするぞ」

少年が呟くように言った瞬間、ひときわ強い風が吹き抜けて、その後にひらひらと瑞々しい青い葉を散らせた。少年はちょうど胸の前に落ちてきたその一葉を摑むと、それを眩しげに日にかざした。左に三枚、右に三枚、そして真ん中にひときわ大きく一枚、合計七枚の葉身が広がる美しい葉。大椛《おおもみじ》の葉だ。

「おお、運がいいぞ。これは紛うかたなく、物語の森の落葉に相違ない」

まるで、詩の韻律に合うちょうどいい言葉が見つかったときのように声を弾ませて、少年は青々と色づいた椛の葉を私に向けて見せびらかした。

「紅葉してないと、椛もただの葉っぱだね」

私がそう言うと、少年はふるふると首を振って小さく呟いた。

「いやいや、その名を突き止めた以上、これはもう、ただの葉っぱなどではない」

少年は愛おしげに大椛の葉をしげしげと眺めて、その根元から小葉を一枚ずつ撫でていった。

「視覚」

少年の指が左の一番根元の小葉からついと上に移動した。

「聴覚」

そしてまた一つ上に。

「触覚」

少年の指が右側の根元の小葉にふわっと移動したので、私も声を揃えた。

「『味覚、嗅覚、それに知性』」

そうして少年は、茎からそっと葉脈沿いに指を這わせて、最後に残った真ん中のひときわ大きい小葉をぴんと指ではじいた。ざあざあという葉鳴りを追い出そうと長い耳を振って、私は焦れたように尋ねた。

「あと一つは?」

少年はすぐには答えず、緩慢な動作で振り返るとはっしと私の両頬を挟み、まるで接吻するみたいに顔を寄せた。

「吾輩の瞳を覗いてみよ」

私は首を傾げながらも、目を細めた。

帝都の七丘《ななつおか》の向こうとか、黒海の大海原の先とか、大海の先に見えるはずの天竺の国とか、遥か東の彼方、見渡す限りの草海の地平線に突如現れる天幕で出来た世にも不思議な都とかをきっと睨みつけて、それが何かを考える間も惜しんで私に拍車を入れ、何千里《フェルサング》も彼方を見据え続けた少しうるんだ黒い眼《まなこ》の輝きの美しさ！

「そう、お前が幾度となく褒め称えた輝きだ。だが、その湖面に映るものをもっとしっかり見てみよ。何が見える？」

そこには、目を細めて首を傾げる私の姿が映り込んでいた。光さえ吸い込む真っ黒な毛並みと、その両側に開いた沼のように翳る私の瞳。……しかし、そんな私の姿を映しとってなお、少年の瞳の輝きは減じる気配さえ見せない。なぜなら、そこには少年の物語に加わるに相応しい、美しい姿が映っているからだ。

ああ、私はかくも美しかった。私の愛した少年の瞳に映る私が、私はたまらなく愛おしい。うっとりする私を見て、少年は少しだけ口許を持ち上げた。

「この姿をゆめ忘れるでないぞ。そうすればきっと、ただの記憶に過ぎなかったそなたの生は俄かにざわめき、物語の葉鳴りの音を奏でるであろう」

少年はそっと両頬から手を離して、少し疲れたように背中を預けると、私の鼻面に先ほどの椛の葉を掲げて、やけに悪戯っぽい口調で言った。

「だがなあ、物語の主人公に名がないというのはいかにも座りが悪い。かといってお前は、驢馬《エシエク》とは名乗れぬ、人の名は嫌だ、ブークファールースなどもっての外と我儘ばかりだ。だから、もういっそのこと吾輩が名を付けてやろう。この最後の葉の名を、そなたに付けてしまうのよ」

こうして私は、この世でもっとも偉大にして、もっとも儚く、しかしてすべての物語を輝かしむる名を得たのである。

「……どうだ、お誂え向きに驢馬《エシエク》とそっくりな名前だろう?」

満足そうな少年の頭を撫でるようにふいに風がそよいで、彼の手から大椛の葉をさらった。私たち二人は身を寄せ合い、瑞々しい葉のひとひらがそよ風に乗って天へ昇っていくのを見送った。——私はいまでもあの瞬間のことを後悔している。一瞬とはいえ、少年から目を離してしまったのだから。そして、私が目を離した隙に——彼は肝心なときはいつも私の目を盗むのだ——少年は目を閉じて、ふうっとまるで煙草の煙を吐き出すみたいな軽やかな息と一緒にもう一度だけ私の名を呼ぶと、二度と目覚めなかった。見開かれたまま、森でも海でもない彼方を見つめる瞳に、私が愛した爛々とした輝きを残したまま。

涙がこぼれないようその瞳の向けられた蒼天を仰いだ私の長い耳には、いまでも、いつまでも少年の声が響いている。

■僕

『——最後の一葉の名前は愛《アシュク》』

ついに最後の一漕ぎで坂道を登り切ると、彼は荒い息の合い間から誰にともなく、ただし呟くよりは少しだけ大きい声で従弟の名前を唱えた。その瞬間、彼の愛車は今度こそ溝に車輪を取られ、主もろとも宙に舞った。手足を畳んだももんがよろしく勢いよく滑空した末に、蛙みたくべたりと着地し、蜥蜴《とかげ》のように頭だけ持ち上げた彼が最初に目にしたのは、一緒に飛びたったはずの日記がカモメのようにあくまで優美に翼を広げ、風に乗って坂の向こうへぐんぐん舞い上がっていく姿だった。

しかし彼は、いましも下り坂の向こうを横切る大通りを越えて白金と黒曜石を混ぜたみたいにくっきりした陰影を帯びる東雲《しののめ》の彼方に消えていく自分の日記を追いかけるでもなく、むしろ泰然と見送ったのだった。

『内容なら全部、頭の中に入っている。またいつでも書き直せる。焦ることはない。……でも、過ぎ去った日々の日記を書き直すというのは、どうにも妙だ』

そう思い当って眉間に皺を寄せて首をかしげた拍子に、夜が明けはなれて間もない人気のない通りの隅に、純白の羽毛のような何かがふわりと風にそよいだ。まるで、その存在を主張するかのようなたなびきに吸い寄せられた目が細められ、その正体を探り当てたとき、彼は思わずにやりと笑って、膝の傷の痛みなど一顧だにせずに駆け寄ると、置いてけぼりにされて焦る愛らしい小鳥を落ち着かせるかのような優しい手つきでそれをつまみ上げた。冒険の旅に出遅れた日記の最後の一葉は、持ち主の手に抱かれてほっとしたのか、ふるりと震えた。彼はどこまでも続く純白の顔《かんばせ》を惚れ惚れと眺めながら、東の空にかざした。しかし、最後の一葉はいっかな飛び立とうとしない。それどころか、さらに高く掲げられて朝日に透かされた一葉は、萌え出ずる新芽のように身震いしたかと思うと、その縁からちょうど小指一本分ほどのところに誰の手になるとも知れない黒々とした枠線をじわりじわりと浮き上がらせ、やがて誇らしげな長方形で自らを粧《よそお》うではないか。

『ああ、従弟殿からの招待状だ』

彼は少年のように呵々と一笑して、しかしすぐに思案するように唇を突き出した。

『物語を書けと言うのならば書こう。でも、主人公たる彼に名前がないというのはどうにも座りが悪い。はてさて、この世でもっとも偉大にして、もっとも儚く、しかして物語を輝かしむるような名前はないものか？』

助けを求めるように辺りを見回すと、歩道のすぐ傍に立つオフィスビルのガラス扉に映る人影が、くるりと小粋に振り返った。ただでさえ広い額には血の痕、破れたズボンの隙間から覗くのは、いかなるスラックスの脚線美も寄せ付けない太腿だけやけに太い足。夜、家を出るときはあれほど似合っていたはずなのに、日の光の下ではお腹だけ狸のようにぷっくり押し出された灰色のジャケット。極めつけに、一生の半分以上を彩ってきたであろう不機嫌そうな表情が刻み付けた蔦のように絡み合う深い皺——なるほど、風采の上がらない凡庸以下の年寄りに相違はないのだけれど、ガラスに反射してなお、曙光を吸い込んで爛々と輝く瞳が、おおよそ彼から卑しさというものを帳消しにしている。彼は自らの姿を何年かぶりにまじまじと眺めたのち、はっきりと誰にでも聞こえる明朗な声音で言った。

『まずは、すべての「彼」を「僕」にしてやらないと……』

そう思いつくや否や彼——いや、僕はもう居ても立ってもいられなくなって、握りしめた最初の頁の冠に、少年も驢馬もみんなも僕も一つの宇宙にまとめて描き、そのすぐ下には物語の劈頭《へきとう》を飾るに相応しい魔法の言葉を書きつけた。そうして、飾り袖を払うように颯爽と内ポケットに僕の物語の一頁目を仕舞いこんで、あとはもう転んだ傷もなんのその、懲りもせずペダルを力いっぱい踏んで下り坂に飛び出した。

（夜明け）

初夜

「物語の中でももっとも美しいものを語ろう。
あなたがこれまで気付かずにいた物語を」

ハキルファキル

「では最後だ、ファキル君」

ふたたび名前を呼ばれたとき、あわてて立ち上がった小生《しょうせい》が絢爛豪華《けんらんごうか》な絨毯《じゅうたん》の上ですっ転んだのはけっして緊張のためではないし、まして給仕の少年の真っ白なうなじに見惚《みと》れていたためでもありません。この下らない歌将棋の間じゅう、誰も膝を崩してよいと言ってくれなかったからなのです。お大尽方《だいじんがた》の一人がいかにもわざとらしい笑い声をあげると、堰《せき》を切ったように楽士どもの失笑やお小姓《こしょう》たちの野次――「口づけしたくなるほどペルシアの絨毯が珍しいのかい？」――が地べたに這《は》いつくばった小生の背《せな》に浴びせられました。宴の最中だから言い訳するわけにもいかず、小生は俯《うつむ》いたまま足元の絨毯に視線をさまよわせました。絨毯に縫われたペルシアの獅子が「勇者よ、侮辱を許すな！」とせっつき、獅子に追われる小鹿が「もうやめにして、お前の陋屋《ろうおく》にお帰り」と囁きます。追いかけっこを繰り広げる二頭の獣から視線をそらすと、小生の膝のちょっと先に胡坐《あぐら》をかいて座る人物の刺繍《ししゅう》が目に入りました。古《いにしえ》のアラビアの叙事詩《じょじし》に語り継がれるかの有名な精霊憑き《マジュヌーン》でございます。恋のあまりに正気を失った彼は、無垢な慈しみによって荒野の獣どもを残らず従え、いまや苦痛とはまったく無縁の静寂のなかでうっとりと虚空を見つめているのです。

　小生はしゃんと背筋を伸ばすと車座《くるまざ》の中央へと進み出ました。そして、いかにも詩人らしく右手を心臓に、左の掌を耳の後ろへあてがって目を閉じたのです。

「慈悲遍《あまね》く、慈愛深き神の御名《みな》において。皆々様のお耳を拝借……」

و

神保町の老舗《しにせ》の喫茶店で、判別しづらいラテン文字が、秩序のない群集のように並ぶルーズリーフから顔を上げ、訝しげに見つめると歳の離れた友人は待っていましたとばかりに、こう切り出した。

「妙ちくりんな詩を見つけたんだ」

　イスタンブールの写本図書館に勤める彼が、いつものように欠伸《あくび》を嚙み殺しながら神学書を分類していると、綺麗に三つ折りにされた詩篇が出てきたのだという。千年前のレバノン杉で作られた本棚の裏に落ちていたとか、いまや絶滅してしまったギリシア人の木工職人たちが細工した浅浮き彫りのある簞笥《たんす》をどかした先の秘密の壁龕《へきがん》に置かれていたとかではなくて、使い走りの青年が機械的に書庫から運んでくる写本の山に挟まっていたのだそうだ。書かれたアラビア文字は味もそっけもない布片書体《ルクア》。一見すれば十九世紀あたりに氾濫した安物の写本からほつれた頁にも思えた。もしこれがアルバイトの歴史学部の学生であったら、いちいちエクセルに打ち込むのを億劫《おっくう》がって、そこらの写本の頁に挟んで見なかったふりを決め込むところだけれど、友人の鋭い観察眼はその詩篇が獅子の透かしの入ったヴェネツィア製の高級紙に写字されているのを見逃さなかった。

「崇高なる国家《オスマン帝国》の威勢がインドの西海岸からウィーンのすぐそばにまで及んでいた時代の紙だよ」

つまり、その七十七対句《ついく》の詩は十六世紀に書写されたものだというのが友人の推理だ。昔の詩人は詩の最後の対句に自分の筆名をそっと忍ばせて署名の代わりにしたから、友人もまずそこを確認してみた。記されていたのは十六世紀のイスタンブールに生まれ育ち、続く五百年ついに他の追随を許さなかった詩人の王バーキーの名前だった。帝国において至上の芸術とされた詩の技を極め、七十四年の生涯ただの一度も盗作や剽窃《ひょうせつ》の誹《そし》りを受けなかった空前絶後の詩人。聞く者の視覚に訴える類まれなる詩想、ペルシア語とアラビア語を満載した言葉の宝物庫から自在に取り出される雅語、力強くも単純明快なトルコ語の脚韻――まさにあの偉大な時代の、壮麗な大帝都の詩人らしい。とかく芸術家というのは後代の人にあれこれ言われて味噌がつくものだけれど、バーキーは存命中から今日に至るまで詩人の王として称えられ続ける稀有な人なのだ。

もしこの詩篇が本当に五百年前のものであるなら、かの大詩人が生きたのと同時代のファンが作らせた写しかもしれない、いや、大詩人の筆先がこの紙に触れたということだってあり得るぞ――そう考えた友人はバーキーの校訂版詩集を書庫から借りてくると、筆跡は同じか、もしや新発見の名詩ではあるまいかと胸を躍らせながら丹念に調べはじめた。残念ながら筆跡もずいぶん違うし、作品自体もすでに詩集に採録されていた。友人は肩を落としたが、まったく発見がなかったわけでもないらしい。詩篇の最後の頁の枠線の外の余白に、読みにくい筆跡の書き込みが残されていたのだ。手許不如意《てもとふにょい》な注文主が紙代を惜しんだときとか、あるいは本を綴じてしまったあとで書写し忘れた文章があるのに気付いたときとかに、こうやって余白に書き込ませるのはよくある話だけれど、その走り書きはほんの四、五行で、対句にもなっておらず、それどころか「この下らない歌将棋の間じゅう……」という何とも中途半端なところでぷつりと途切れていた。不審に思って詩篇を裏返してみると、三頁目の紙だけがやけに分厚かった。

「この詩を書写した人物は素人じゃないまでも、プロの写字生じゃないと思う。詩を書きはじめたはいいものの途中で終わってしまって、あろうことか高価なヴェネツィア紙の頁を余らせてしまったんだから。普通なら余った箇所を裁断するところだけど、道具がなかったのか、急いでいたのか、それともその両方なのか、とにかく最後の四頁目は裏折にして米粒で貼り付けられていたんだよ」

友人は写本復元部の上司とアルバイトの学生が図書館の中庭で煙草を吸っているのを確認し、濡らした爪楊枝で頁の間に挟まった米粒をこそぎ出していった。はたして、隠された頁の裏には書き込みの続きがびっしりと連なっていた。それにしても、詩を書いた直後ならともかく、こんな汚い書きつけを残したあとでわざわざ糊付けするというのはいかにも奇妙だ。

「面白そうだから暇な時間にラテン文字におこしてみたのがそれってわけだ。この奇天烈な偶像崇拝者の国――君が審判の日に後悔しませんように！――を案内してくれたお礼に私から聞かせてあげようじゃないか」

友人は私の手からルーズリーフを引ったくりながらそう言った。

「ではでは、神の名において……」

友人が握りしめたルーズリーフの頭の部分には ف《ファーウ》 و《ワーウ》 ح《ハー》 という三つのアラビア文字が、おそらく詩篇の余白に残された数百年前の墨跡よりもなお判読しづらい彼自身のラテン文字の転写を嘲笑うかのような流麗な筆致で記されていた。

こ

はてさて、金持ちどもの前でぶつぶつ呟きながらペルシア絨毯を凝視していたのはファキル。その名のとおり貧相《ファキル》な俺の弟さ。二人でウスギュプ《スコピエ》の片田舎から帝都へ出てきて五年、あいつが書記の仕事を失って二年。はじめのうちこそ苦しかったけど、俺は組合の棟梁《とうりよう》に気に入られて荷運び人になった。ちゃんと組合に入った荷運び人だから仕事にはあぶれないし、最近じゃあそこそこの日銭も稼いでるんだぜ。目下の目標は嫁さんを見つけることだな。重い荷を背負いすぎて腰が曲がりきっちまうまでって期限付きだから、ちょいと急がないといけない。なにせ女ってやつは腰が曲がってるだけで種無し扱いしやがるからな。預言者様だって「男は女という畑を耕すのが仕事じゃ！」って仰ってるんだから、腰がどうかなったくらいで神様の下すった俺様の鋤《すき》がへたるもんかい。まあとにかく、俺はこのまま結納金を貯めて、むっちりさわり心地が良くて、料理も掃除もちゃんとする――金の管理ができない程度に抜けてりゃ最高だな――嬶《かかあ》が来てくれれば文句なしってわけさ。

　しかし悩みの種は弟だ。なまじっか学校へ通って、帝都で教師をしてた地縁に詩など送って、そいつの計らいでモスクの書記をやらせてもらったもんだから、いまでも詩作で身を立てようなんて甘い考えでいやがる。それでも日銭を稼ぎながら苦学してるってんなら応援の一つもしてやるが、野郎がやってることと言えば昔の書記仲間やら教師やらと珈琲店に屯《たむろ》して無駄金を使うだけってんだから始末が悪い。

「ファキルよ、お偉方の尻にまとわりついて、連中がひる糞の中から口八丁で銀貨を拾い集める乞食になりたいのか?」

俺がそう諭《さと》すたびに、口ばかり達者な弟は「ハキル兄さん、神の創り給うたこの世界は本来的に美しいんだよ。だから、その美を華麗な言の葉で飾り、言い表すのが詩人の使命であり、神への奉仕なのさ。大詩人であれ辻詩人であれ、そこに貴賤はない。うんちは関係ないんだよ」とか言ってはぐらかすのさ。まあ、迷惑千万で鼻持ちならない頑固者ってわけだ。どうだい、むかっ腹が立ってきたろう? あいつが気取って「小生」なんて言うのを聞いたら、あんただってぶん殴りたくなると思うぜ。今日はそんなファキルを見舞った、一等笑かせる話をしてやるよ。あの晩、俺は陽気な流行り歌を聴きながら酔っぱらった弟を負ぶって家に帰ろうとしてたのさ。


「……弟がファキルで詩人、兄がハキルで荷運び人ということですか?」

私は友人の朗読を遮って尋ねた。語呂合わせの連語みたいでどうにもややこしい。

「そうだよ。ファキルは貧しい者、ハキルは卑しい者って意味さ。むかしはよくあった名前なんだ。まあ、神に対する謙虚さの表れだね。うちの祖父なんて惨《セフィル》めな奴だもの。人が分を弁《わきま》えて暮らす古き時代ってわけだ」

　生まれてもいない時代を懐かしむ頓珍漢《とんちんかん》な友人に「はあ」と空返事をしながら私は机の上に広げられた三つ折の詩篇のコピーの方を指さした。

「その話、本当に二人の掛け合いになってるんですか？　十六世紀にそんな戯作みたいな文章を書く人がいますかね？」

「たしかに、掛け合いになってるのは珍しい。でも僕の意訳じゃないよ。ほら、ごらん。ちゃんと台詞の頭のところにファキルとハキルの頭文字が振ってあるから」

　たしかに途切れなく続く書き込みのところどころに、他の文字と繋がっていないف《ファーウ》とح《ハー》の文字がちょこちょこ顔を覗かせている。まるで影絵芝居の台詞集か、十九世紀の戯作の台本のような具合だ。

「これ、もっと新しい時代の人が書いたんじゃないかしら。ヴェネツィア紙と頌歌《しょうか》が十六世紀のものだとしても、その汚い書き込みまで同じ時代のものとは限りませんよ」

　友人は笑みを浮かべて頌歌のコピーを指先でちょんちょんと突いた。

「僕の見立てでは筆跡もインクもすべて十六世紀のものだ。それにね、頌歌も書き込みも同じ釉《うわぐすり》で塗られていたんだよ」

　私はコピーを取り上げて頭文字に顔を近づけてみた。かすれたコピーでは釉の種類など分かるはずもなく、かえって筆者の悪筆が際立つだけだ。ح《ハー》はともかく、ف《ファーウ》の方はひどく潰れていて、とぐろを巻いた蠅《はえ》の糞のように見えた。

「それにしたって、ハキルの話し方がずいぶんと口語的に思えるんですが」

私は暗に意訳したんだろうと言いたかったのだけれど、友人は気にする素振りさえ見せない。

「だって、そう書いてあるんだもの。それにほれ、最初のファキル君はわりかし綺麗な美文を綴っているから、こっちは辞書なしじゃ読めないけど……」

そう言って友人はテーブルの隅に広げた辞書を叩いた。

「……彼の兄の語りには汚い言葉が満載で口語そのままさ。尻、逸物《いちもつ》、げろ、糞、べっちょ。遺憾ながらどれもこれも我がトルコ語の卑語ばかりだ」

いや、最後の一つはありませんでしたよ――私はそう言いたいのを飲み込んで、普段は口にできない汚い言葉を並べてちょっとすっきりした顔をしている友人に先を促した。

ف

――余は帝都、人々の住み栄える都市の母なり。

余は一等の幸運と、一等の不運を用意して、そなたが褥《しとね》を訪れるのを待っている。

その晩、小生は屈強な兄の肩に頭をもたせかけて、酒場から漏れ聞こえる陰気な流行り歌にぼんやりと耳を傾けておりました。酔っ払いよろしくゆらゆら揺れる道の篝火《かがりび》を眺めるうちに、またぞろ葡萄酒と魚の揚げ物がこみ上げてきて、小生は兄の肩越しに身を乗り出しました。びしゃびしゃと不快きわまりない音が薄暗い路地に響き渡るや、兄は小生を泉亭《せんてい》のたもとに放り出すと、濡らした手拭いでいそいそと自分の服と小生の顔を拭きはじめました。武骨な手の割にその動作は優しくて、小生は思わず泣き出しそうになるのを堪《こら》えて、酒の詩でも詠もうと持ちかけました。ご存じのとおり、我ら詩人はおつむの中に言葉の宝物庫を備えておりますから、徒手空拳でもこうしてお礼ができるのです。もっとも、兄はやれやれと首を振って、重い荷を背負い過ぎて少し曲がりはじめた腰をよいしょと持ち上げてしまいましたけれど。

「せっかくいい気分だったのにげろをひっかけられて、そのうえ糞つまらない詩なんぞ聞かされたらこっちまで催しちまうよ」

松の実の殻を吐き出しながら毒づくこの男はハキル。浅慮な上に喧嘩っ早くて口うるさい、疎ましくも愛すべき小生の兄でございます。いつもの繰り言を聞き流しながら、小生は懐に仕舞っておいた油紙の包みを取り出しました。この中には敬愛する新進気鋭の詩人バーキー様の詩と、これまで書き溜めてきた小生の詩をまとめた紙挟みが入っているのです。――ああ大丈夫、濡れてない、しっかり油紙に包まれたままだ。

そのまま包みを撫でながらふと顔をあげると、兄が不思議そうにこちらを見下ろしていました。いえ、正確には小生が握りしめた紙挟みを見つめているようです。これはフロランサ《フィレンツェ》で作られた牛革の紙挟みで、一抱えもある帝国のものと違って小脇に抱えられる程度の大きさですし、綴じの部分に結び紐が縫いつけてある珍品。上京したてのころに奮発して買った大切な品なのです。その大切な――つまり、売ればそれなりの値段になるという意味でもあります――紙挟みをがめつい兄が凝視しているのです。小生は嫌な予感がして、あわてて懐に戻そうとしたのですが、機先を制するようにこう言われてしまいました。

「おい、穀潰し。妙案が浮かんだぞ」

翌朝、小生はずきずきと痛む頭に泉亭の水をぶっかけて目を覚ますと、紙挟みがちゃんと油紙に包まれているのを確認してから、海岸へ続く坂道をよたよたと下っていきました。頭が痛いのは宿酔《ふつかよい》や兄の気まぐれのせいばかりではありません。帝都の朝の喧騒の頭に響くことといったら！　日が昇るやいなや、造船所からは船大工の大槌《おおつち》やのこぎりの音が聞こえてきて、負けじと魚屋や八百屋、干し肉屋が呼び売りの声を張り上げれば、けたたましい荷馬車の車輪がそれをかき消して、ふいにその間にリンリンという涼しげな音が駆け抜けていくので、ルーム人《ギリシア》の美女の足飾りかと胸を高鳴らせて振り向けば、汚らしい尻をした飛脚の腰に結ばれた鈴が目に入るのです。上京したてのころは、朝早くから街路を行き交う人々が珍しくて、耳を覆いたくなるような喧騒がやがてタータタータータータタータと早駆調で韻律を奏ではじめるような心地がしたものですが、このところはいくら耳を澄ましても韻律のイの字も聞こえません。
ふいに背後から気ぜわしげな蹄《ひづめ》の音が聞こえてきたのは、喧騒に痛むこめかみをぐいぐい押しているときのことです。急いで路肩に退《の》いたのですが、馬が撥ねあげた泥をしこたまかぶってしまいました。頭痛を堪えて乱暴な騎者を見上げると、はたして血の汗を流したというジェンギズ・ハーン一族の騎馬もかくやという駿馬ではございませんか。いえ、馬が立派ならその主も負けてはおりません。紺色の長衣《ながごろも》に包まれたしなやかな身体は腰のところできゅっと黄色い帯で絞られ、踝《くるぶし》まである長衣の裾《すそ》は伊達者《だてしゃ》風に翻り、間から覗く緋色《ひいろ》の下穿《したば》きには小便の滲《し》み一つございません。法官を示す真っ白なターバンに縁どられた顔《かんばせ》は、目元こそ涼やかで見る者を萎《い》縮《しゅく》させるところがあるけれど、少したるんだあごの肉や、うなじから覗く黒檀《こくたん》のような髪が、どうにも欲望を掻《か》き立てる艶《なま》めかしさを漂わせております。耳の奥で佳人《かじん》を称えるバーキー様の頌歌が響いたような気がしたものです。もっとも、美しい馬上の君は名詩の調べに身を任せて恍《こう》惚《こつ》とする小生と、握りしめた油紙の包みを一瞥《いちべつ》したきり、さっさと馬を降りて床屋へ入って行ってしまいましたけれど。

こ

「あいつは何をしとるんだ」

俺は黴《かび》のはえた石壁にほっぺたをくっつけて呟いた。別に弟が心配でつけてきたんじゃないぜ。造船所に荷を受け取りに行くついでに、野郎がどっかで無駄金を使わないよう見張ってるだけさ。見ろよ、あの野郎、泥をひっかけられたくせに文句も言わずに呆けてやがる。しかも、たっぷり一分はなまっちろい金持ちの背中を見送って、振り向いたその顔ときたらまるっきり餌を取り上げられた驢馬《ろば》公だぜ。お、歩き出しやがった。

ファキルは床屋の方をちらちら窺《うかが》いながら向かいの道端に立つと、大事に抱えていた例の紙挟みを耳の後ろにあてがって——油紙くらい外せよ、馬鹿！——お大尽の言葉で詩を詠みはじめた。何を言ってるのかはさっぱり分からんが、どうやら俺の言いつけを守る気はあるらしい。昨晩、俺は野郎にこう言ってやったんだ。

「いいか、ファキルよ。その紙挟みを持って辻に立って詩を詠んでこい。『皆々様！　お好みにあった詩を吟じてご覧にいれますよ！』とか言って、適当に金を取ってこい。一篇につき銀貨半枚ってとこだな。なに？　辻詩人には縄張りがある？　知るか。ああもう、ぐだぐだうるせえな！　お前の口先に騙されんのは懲《こ》り懲《ご》りだ。とにかく自分の珈琲代くらいは稼いで来やがれ。もしかしたら手前《てめえ》を取り立ててくれる奇特な御大《おんたい》が現れるかもしれねえぞ」

ところがどっこい、ここは生き馬の目を抜く大帝都、そんな子供だましで金が稼げるわけはねえ。じゃあなんでそんなことを言ったのかって？　一張羅《いっちょうら》にげろをかけられた仕返しにちょいと弟を懲らしめてやろうと思ったのさ。自分の詩がどんだけ役立たずか思い知れば、ちょっとは改心してまともな仕事を探すんじゃねえかってな。我ながら素晴らしい思いつきだぜ。ほれ見ろ、だあれも立ち止まりゃしねえ。やっぱり糞の役にも立たん詩なんぞにおあしを払う物好きなんていねえのさ。

いや待て、一人近寄ってきたぞ。……やけに口ひげが黒光りする野郎だな。白い前掛けをしてるとこを見ると、どうやら向かいの床屋だな。なんだか嫌な予感がしてきたぜ。帝都の床屋ってのは男好きって相場が決まってるからな。え、なんでかって？　そりゃあ、あんた、剃刀《かみそり》をあてられるってのは緊張するもんだ。筋骨隆々の親父よりも、なるべくなら可愛らしい餓鬼《がき》にやってもらう方が気が楽だろ？　だから床屋ってのは歌がうまくて、可愛い顔した徒弟しか取らんのよ。するってえと、いつの間にか親方と徒弟はいい仲になって、やがてその徒弟が親方になるとまた同じことを繰り返すってわけさ。はてさて、どうなることやら。どれ、ちょいと近づいて様子を窺ってみようじゃねえか。

「やあ、兄さんお精が出るね、一つ俺の萎《しな》びたのが元気になるような艶《つや》っぽいのを聞かせてくれよ」

「では銀貨一枚で。はい、どうも。神の御名において……。

銀貨のように白い肢体に絡みつく長衣は、糸杉を苛《さいな》む蔦《つた》のようにその美を覆い隠す。

ああ、頑《かたく》なな心の君よ、どうか顔を見せておくれ。

真珠のような歯並びに縁どられた、その赤い舌を覗かせておくれ」

おお、床屋の野郎、萎びるどころかぶかぶかの股引《ももひき》の上からでもわかるほど元気になりやがった。あ、物陰に引きずり込まれたぞ！

ف

「ひい、堪忍して下さい！」

獅子の牙にかかる小鹿さながらに地面に押し倒された小生を救ってくれたのは兄でした。心配するでもなく、得意げに「どうだい俺の蹴りは」なぞと抜かす兄に苛立ちながら背中の泥を払っていると、人いきれを縫ってやけに涼やかな蹄の音が聞こえて参りました。タタータータ、タータータ——韻律はまさに歩調、よく躾けられた馬でございます。見ずともわかります、さきほどの美しい騎者に相違ございません。しめしめ、床屋の前で辻立ちした甲斐があったぞ！

「君の趣味は泥かぶりかい？　豚でもあるまいし」

ああ、声は見かけに反して深みがある。紛《まが》うかたなき帝都の訛《なまり》でございます。蔑まれているというのに背筋がぞくぞくするのだから、まったくもって美しいというのは罪深いことです。兄が松の実の殻をぺっと吐き出してじろりと睨み返すと、馬上の君は鸛《こうのとり》の首のように滑らかに動く手を振って何かを泥道に放りました。

「そこの荷運び人、人助けあっぱれ。わたしはこの人に話があるからもう行きなさい」

兄は高飛車な物言い――もっとも、法官というのは皆こんなものです――など意に介さず、泥に埋まった二枚の銀貨を瞬く間に拾うと、右手を胸に当てて深々とお辞儀をして路地裏に消えていきました。

「君の下手な詩が向かいの床屋まで聞こえてきたよ。辻詩人というやつだね？」

「ええと、はい。いまはそうです」

「結構。では最後の一人は君だ」

馬上の君は一人で頷くと、扁桃《へんとう》のような黒くて丸い瞳をきらきら輝かせてこんなことを仰いました。

「わたしは今晩、とある宴に招かれているのだけれど、君のような貧相な民草――失敬！――の芸人を何人か連れてこいという風変わりなお願いをされて難渋しているんだ。君、ひとつ助けると思って付き合ってくれないかい。大丈夫、手ぶらでは帰さないから。悪い話じゃないよ。辻詩人風情がお大尽の宴の敷居を跨《また》げるだけでも天輪が逆さに巡るくらいの大ごとだというのに、その賤陋《せんろう》な下々の言葉で――失敬‼――詠む詩が尊い方々のお耳に入るんだからね！」

こ

「それで舞い上がって名前も聞かなかったのか?」

俺はそう言って、ちょっと黄ばんだ高級なヴェネツィア紙に何かを清書しているファキルを小突いた。聞いて驚け、見て怒《いか》れ、この一枚を買うのに俺は二キーレの荷を二千アドゥムは担いでいかなけりゃならんのだよ。しかもこいつ、書き間違えたとか言ってさっき一枚駄目にしやがった!

「違うよ、兄さん。敢えて尋ねなかったのさ。目上の方に名前を尋ねるなんてとんでもない。それより珈琲の味はどうだい?」

「苦いよ」

「良薬は口に苦し、珈琲は血行をよくするんだよ」

「手前の無駄遣いのおかげで鼻血も出ねえよ。こんな高い紙を買いやがって……」

「高いのが分かってるなら邪魔しないでよ。替えの紙はもうないんだから」

ファキルはそう答えたきり、また筆を動かしはじめた。俺は卓に置かれた将棋の駒をいじくりながら、蛇がのたくったみたいな気持ちの悪い波斯書体《ナスタアリーク》を綴っていく筆先を眺めた。まあこいつが詩をこさえてるとこなんぞ見飽きてるんだがね、今日はまたえらく気合が入ってるじゃねえか。なにせ紙も高級なら、字も気取りくさった波斯書体《ナスタアリーク》だし、その上とっておきの茶色の長衣まで着てるとくれば、見かけだけはいっぱしの詩人先生だぜ。

「なあ、何を書いてるんだよ」

俺は松の実の殻を床に吐き出してそう尋ねた。

ف

「とっておきの頌歌だよ」

これまで誰にも聞かせたことのない——小生は心の中でそう付け加えてから、書き損じのヴェネツィア紙の裏に書いた布片書体《ルクア》の下書きを確かめながら別の紙に波斯書体《ナスタアリーク》で頌歌を清書していきました。遥か東の国の竜が雲海を縫うかのごとき波斯書体《ナスタアリーク》のこの美しさ！　なんといっても虎の子の詩ですから書体、墨跡、紙、行割、すべてに気を遣わなければならないのです。でも、一番肝心なのはそれを詠む時と場所でございます。「詠む者、詠まれる時と場所を問わずに心を打つのが名詩である」なんて言うお大尽もいらっしゃいますが、小生に言わせれば見当違いもいいところ。ほら、詩人はよく小夜啼鳥《さよなきどり》に喩《たと》えられるでしょう？　では誰も彼もあの小鳥を愛でるかと言えばそうではありません。ええ、確かに帝都の雅な方々は駒鳥《こまどり》にわざわざその鳴き声を覚えさせて——本物の小夜啼鳥は籠に入れると死んでしまいますからね——朝な夕な愛でております。でも、田舎の農民とか山の遊牧民はあの鳥を捕まえて食べてしまうんですよ。つまるところ、小夜啼鳥が美しく囀《さえず》るには、羽を休めるための美しい枝葉を付けた山川草木や、耳を傾けてくれる佳人が是非とも必要なのです。荒れ野や岩山で囀ったとて、聞く者も愛でる者もありはしません。だから小生が奮発してヴェネツィア紙を二枚も買い求めたのも無理からぬこと。なにせ、小生は今宵、ようやく囀るべき場所を見出したのですから！

もっとも油断は禁物です。聞くところによれば、あのバーキー様でさえ陛下が宴を開くと聞けば七日前から詩作に入り、三日前からは食も色も断って宮中に参内するのだとか。名詩をものにするには、日々の暮らしこれすべてが準備にほかならず、しかして小生の戦いもすでにはじまっているという次第。そして、今宵の決戦に携えていくべき伝家の宝刀、それこそがこの頌歌でございます。

——ああ、我ながらいい詩です。たった七十対句の小品ではありますが、神の創造にはじまり預言者様と正統カリフの方々を称え、七層から成る天の国の乳の泉と蜂蜜の河を謳ったのち、徐々に天下って七つの大陸を称え、二つの海と二つの陸をしろしめすこの帝都を世界の中心と定め、その七つの丘を数え上げるくだりなど、小生の嗄《しゃが》れ声で詠んでさえ身が震えるほど出色の出来ではありませんか。まだ見ぬ宴の主様を絶佳の佳人として寿《ことほ》ぎ、その愛顧をほかならぬ小生が希《こいねが》うくだりに至っては、いかなる恋の歌にも引けを取らない情熱を湛《たた》えております。……なにせ恋の歌で女性《にょしょう》が釣れたためしのない小生ですからね、愛を懇願する技に関してはそんじょそこらの色狂いや女たらしには醸し出しえない凄味があるのですよ。恋慕のあまりに正気を失い、世界の四方《よも》を流浪した伝説の精霊憑きに優るとも劣らぬこの情熱！　どんなにお高く止まった稚児であれ、楽士であれ、そしてあの馬上の君であれ、これを聞けばたちどころに頬を薔薇色に染めるに違いありますまい。はてさて、ちょいと房事《ぼうじ》に興じるひと間は宴の席に用意されているのかしら。

「ファキル、ぶつぶつうるせえぞ」

五月蠅《うるさ》いのは兄さんだよ。……さて、もう一度頌歌を見直して、最後の対句にしっかりと小生の名前を忍ばせ、それでも物足りなくて小さく最後の文字の脇に小生の名前の頭文字であるف《ファーウ》を書き込んで——あれ、なんだかとぐろを巻いた蠅の糞みたいになっちゃった——ヴェネツィア紙を三つ折りにし、店の軒先にかかっていた魔除けの紐を拝借して結わえるころには、小生の脳裏には強風に煽られた黄水仙の花弁よろしく浴びせられる金貨が舞い散っていたものです。

و

「つまり、この三つ折り——いえ、四つ折りにされていた詩篇こそが、ファキルが頌歌を書き損じて下書きに使っていたヴェネツィア紙だってことですか？」

「そうだよ。ほら、ちゃんと書き込みの上の方に波斯書体《ナスタアリーク》の書き損じが残ってるよ」

友人の指した箇所には、石壁にぴたりと止まったヤモリみたいに不恰好な文字が並んでいた。たしかにプロの写字生の筆跡とは思えない歪《いびつ》さだ。友人は得意げに波斯書体《ナスタアリーク》を指でなぞるばかりで、これがファキルの書いたものに違いないと信じ込んでいるらしい。

「……出来過ぎですよ。ねえ、やっぱりこの書き込みだけはもっとあとの時代のものなんじゃないですか？　釉なんてあとで幾らでも重ねられるんだし。そもそも疑問なんですけど、この兄弟が実在した証拠はあるんですか？　講談か影絵芝居かなんかのための創作に決まってますよ」

私がそう尋ねると友人は口許をほころばせた。

「君は批判精神だけは旺盛だなあ。そのくせ疑いもせずに木やら石やらで出来た偶像を拝むんだから、まったく不思議なもんだ。勿論、そう来ると思って調べたさ。幾つかの詩人列伝に十六世紀前半のマケドニア出身のファキーリーという筆名の詩人が載っていたよ。どれも短い記述だけどね、なんでもスコピエの貧しい家の出で、各地を放浪したあと上京して、情熱的な詩でそこそこの好評を博したそうだよ」

「ファキル《貧しい》をもじってファキーリー《貧しい者》ですか。でも、よくある名前なんでしょう？　そりゃあ一人くらいはそんな名前の詩人もいるでしょうよ。じゃあ、お兄さんのハキルの方は？」

「ああ、残念ながらそっちは確認が取れないね。なにせ坂の街、我が君府《イスタンブール》にごまんといた荷運び人なんだもの。まあそう急ぎなさんな。おいおい説明してあげるから」

顔色一つ変えずにふたたびルーズリーフに視線を落とした友人を訝りながらも、私は居住まいを正して聞き耳を立てた。

俺たちは三回目の礼拝の呼び声がはじまるのを待って店を出た。ファキルは相変わらずぶつぶつ口の中で呟くばっかりで役に立たんから、代わりに俺が道を聞いて坂道を上ってったのさ。これじゃあ、まるっきりご主人様とお小姓だ。まったく嫌になるぜ。驢馬より沢山の荷を背負わされたってへっちゃらな俺の脚がかたかた震えやがるのも、きっと気が進まねえからに違いねえ。ああ、本当にこいつを宴席に上げる物好きがいるとはなあ。

「今日は火付け人が早く出てきたみたいだね。ほら、兄さんご覧よ。街の石壁が篝火の橙色《だいだいいろ》に照らし出されて乙女の火照った白い肌のように艶やかに輝いてるよ。石壁をなぞっていく夜警の棍棒のからからという横柄な音も、今宵ばかりは天国に生えているという大樹の葉鳴りのように響いて――」

「お前、うるさいよ。ほれ、お屋敷はすぐそこだ。俺はここらで退散するぜ。……荷運び人がお見送りってんじゃ恰好がつかねえからな」

ぐだぐだ言ってるファキルを遮って小突くと、野郎の顔にちょっと不思議そうな表情が浮かんだ。こいつ、本当に俺がお小姓よろしくお屋敷の前まで送ってくとでも思ってたのか？

それでもなあ、おずおずと坂道を上ってく弟のほっそりした背中を見送るうちに、何か言わないといけねえ気がしてもう一声かけてやったのさ。まあ、ファキルはそのまま振り返りもせずに行っちまったけどな。俺は松の実の殻を吐き出して、無意識に上着の隠しに手を突っ込んだ。ちぇ、松の実がなくなっちまったよ。

俺は手持無沙汰になった手を腰に当てて伸びをした。坂の上にはお屋敷の明かりに照らされて橙色に染まるでっかい鈴懸《すずかけ》、坂の下には真っ黒けになって横たわる海と、その向こうで地平線までミミズみたいに連なる篝火に埋まった帝都。日が暮れちまったから、俺たちのぼろ家は闇に沈んじまってここからじゃ見えねえ。あの真っ暗闇の中に帰るのかと思うと、ぞっとするぜ。計ったみたいに夜警が棍棒で壁をからからやる音まで聞こえてきやがる。

「もう日も暮れてるし、今日は酔っ払いを運ぶ気も起きねえや」

俺は自分に言い聞かせるみたいに呟くと、坂を上ってしんと静まり返ったお屋敷の門の陰にへばりついたんだ。もう一度断っとくが弟が心配なんじゃないぜ。ここでファキルの野郎を待つのも一興ってだけさ。どうせ何か大失敗をやらかして、へべれけになって出てくるに決まってんだから。

どれくらいそうしてたかね。お屋敷の入り口の方から話し声が聞こえてきてよ、こっそり覗くとなんとファキルと、昼に銀貨をくれた旦那が話し込んでるじゃねえか。あいつ何かしでかしたんじゃないだろうな。もうちょっと詳しく聞こうって身を乗り出したところで銀貨の旦那と目が合っちまったんだ。

「ん、なんだいそこの薄汚い人は。ははあ、その猫背は荷運び人だな」

こいつはいけねえって、俺は急いで踵を返すと、お屋敷の前の鈴懸の陰に隠れたのさ。顔だけ出してみると例の銀貨の旦那と並んで奥に戻ってくファキルの後ろ姿が見えた。ふう、やれやれだぜ。しっかし、上等そうな紺色の長衣をたなびかせるあの旦那と並んでるってのに、ファキルは見劣りしてなかったぞ！　なんだか物語の中のお偉いさんみたいだぜ！　もし今日の宴がうまくいったら、あいつは毎日あんな感じで暮らすようになるのかな。そしたら、いよいよ穀潰し返上ってわけだ。へへん、清々するぜ。

俺は金をたんまり貰って二階家に住むファキルの姿を想像してみた。うん、悪くねえ、悪くねえぞ。……悪くはねえが、どう頭を捻ってみても俺の部屋がその家のどこにあるのか想像もつかねえんだ。だって、そんな立派なおうちで俺は何をすればいい？　今日みたいに道案内して、酔っぱらったあいつをおぶって帰るのが精々さ。それじゃあ、ちょっと頭のいい驢馬と変わらないぜ。じゃあ、俺の部屋は一階の厩になるのかな。

反射的に隠しに手を突っ込むと、思わず舌打ちしちまった。あとで松の実を買っとかねえと。

俺はちょっと迷ってから大切に取っておいた無花果《いちじく》を口に放り込んで、さっき貰った銀貨を取り出したんだ。こびりついてた泥を拭ってみると、夜だってのにきらきら綺麗に光ってるのさ。いつもなら銀貨を見てれば気が晴れるもんなんだが、今日に限ってはいらん考えばっかり浮かびやがる。もし、もし本当にファキルが出世したら、俺がいま見惚れてる銀貨二枚なんぞはした金じゃねえか？　なにせ、詩人て連中は紙ぺらにほんの十行も詩を書いて詠み上げるだけで俺の稼ぎの二週間分はせしめるんだから。

銀貨を握りしめたままずいぶん長いこと呆けてたっけな。ようやくファキルが姿を現したのは、くちゃくちゃやってた三つ目の無花果の味がなくなるころだった。迎えに出ていこうとすると、弟の後ろから追いかけてくる例の銀貨の旦那が目に入って俺は慌てて木の陰に戻ったんだ。様子を見守るうちにも押し問答がはじまって、やがて銀貨の旦那が弟の大事にしてる紙挟みを振り回しはじめやがった。どうやら、紙挟みを取り上げられちまったみたいだな。弟がしゃがんで長衣の裾を帯に挟もうとしてるのを見て——つまりは喧嘩をおっぱじめようってことだ——俺は大急ぎで門の中に駆けこんだんだ。

ف

あの晩の出来事たるやその悉《ことごと》くが予想外でしたけれど、定石外れの第一手がどこであったのかはいまだに判断が難しいところ。兄が寂しそうに「頑張れよ、ファキル！」なんて殊勝な見送りの言葉を口にしたとき？　控えの間で隣に座った亀の調教師が小生の服で洟《はな》をかんだとき？いいえ、きっと小生も含めて控えの間に集まった男たちの席が車座に並べられた主賓の席ではなくて、壁際にぴたりと寄せられた座布団だったのを知ったときでしょう。金糸を縫い取った豪奢な座布団がほこり玉よろしく並べられている様が、いっそう惨めさを引き立てていましたっけ。でも、小生は懐に忍ばせた虎の子の頌歌と我が分身に等しい紙挟みをひと撫でして、堂々と正座して出番を待つことにいたしました。やがて、あの馬上の君が奥の間から出てきて、小生の目の前の主賓席に腰を下ろしました。すると見計らったように近衛歩兵の帽子をかぶった館の主様が姿を現して挨拶をはじめたのです。

「偉大なる神の御名において。ムハンマド様は神の預言者であらせられる。四人の正統なる教王《ハリーフェ》に称えあれ。この世の霊魂の秩序をまったきものとするべく遣わされたあらゆる聖人よ、称えられてあれ。神よ、地上における神の影たる皇帝陛下と、その高貴なる一族のしろしめす崇高なる国家の繁栄を永続させたまえ……」

お大尽方の言葉というのは、民草の言葉と違っていついつまでも、それこそこの世の終わりまで続けられるように創られておりますので、美辞麗句に彩られた素晴らしいご挨拶はさらに五分くらい続きました。その間、小生はびりびり言う足をしきりにもぞもぞ動かしていたのですが、主様の挨拶の最後の言葉を聞いた瞬間、痺れなどどこかへ吹き飛んでしまいました。主様は――近衛歩兵連隊を束ね、詩人としても名高いヤフヤー様でいらっしゃいます――こう仰せになったのです。

「そして今宵、我が陋屋にご参集くださったすべての方と、なによりも大宰相閣下の宴を辞退してまでご出席くださった法官代理のアブデュルバーキー殿を心より歓迎いたす」

永遠なる方の下僕《アブデュルバーキー》！　名声の不滅をいまから予感させるそのお名前こそ、かの新進気鋭の詩人バーキー様の本名にほかなりません。昼間、男色の気が強いわけでもない小生が見惚れたのも無理はありません。小生の詩人の嗅覚は、その名を伺わぬうちから馬上の君の身の上を嗅ぎ分けていたのです。ここからはお背中しか見えませんけれど、法学者らしいこんもりとしたターバンと、紺色の長衣に包まれたほっそりとした後ろ姿が、すでにして将来の詩人の王の風格を漂わせております。いま思えば、ほかにも近衛の幕僚や、法学者、裁判官、それに内廷からお越しの陛下の近習の方々もいらっしゃったのですけれど、このときの小生はひたすらバーキー様を食い入るように見つめておりましたっけ。

答礼や皇帝陛下への称賛が一区切りして小姓が酒をついで回りはじめると、ヤフヤー様はバーキー様についと寄って、なにごとか囁きはじめました。小生は失礼にならないよう真鍮《しんちゅう》で出来た簡素な酒杯の水面《みなも》を見つめながら耳をそばだてました。

「バーキー殿、今宵の歌比べ、いつもとは趣向を変えて楽しもうではないか。君と吾輩はこれまでも幾度となく歌合せして参ったが、なかなかに決着がつかない。そこで、今宵はおのおのに詩を詠むのではなく、互いに集めてきた下々の者どもを駒に見立てて、詩を詠ませてみようと思いついたのだ。言うなれば、歌で将棋を指そうという計らいなのだが」

それを聞いたバーキー様は白綿のように柔らかそうな手を、近衛歩兵連隊長様の無骨な手に重ねました。

「素晴らしい趣向でございます。ですが、わたしは根っからの法官ですから、将棋は専門外。なにとぞお手柔らかに願います」

さすがバーキー様！　いくら声量を絞っておられても、その朗々としたお声の張りは隠しようもございません。あくまで如才のない笑みを浮かべるバーキー様と、その手を撫でまわして相好を崩すヤファヤー様は、なおもひそひそと相談していらっしゃいましたが、やがてバーキー様がやって来て小生らに将棋駒の役割を振っていきました。我が陣営の顔ぶれは軽業師が歩兵、あの耄《もう》碌《ろく》した亀の調教師がお庭番、土占い師が騎兵、そして小生はなんと宰相をすっ飛ばして大宰相役を拝命いたしました。ほら、盤上を王よりも自由に動き回るあの一番強い駒でございます。

歌将棋と申しましても、そこは雅人《がじん》を自負する方々の宴でございますから、試合はあくまでも和やかな雰囲気で進んでいきました。軽業師は木の玉を器用に投げながら商売道具を金玉に見立てた面白おかしい俗謡を披露しましたし、亀の調教師は可愛らしい亀たちを一列に並ばせて、彼らの三角関係についてなかなかに軽妙な小話をいたしました。土占い師は土を七つの山に盛って――つまりは七つの丘を持つこの帝都を象《かたど》ったわけです――八つ目の西欧人居留区の山を踏みつけながら、小気味よく異教徒どもを嗤《わら》いました。一方、ヤフヤー様の手勢は神学生とか楽士とかでしたから無難な酒宴の詩を詠んで対抗いたしました。

二対一、バーキー様の優勢で迎えた第四局、いよいよ小生の番が巡って参りました。六杯目の葡萄酒を呷《あお》ってからちらりとバーキー様に目をやると、目深にかぶったターバンの奥の黒い瞳がきらりと瞬いて、手元の酒杯の紅の水面と小生の間を行き来いたしました。詩人にとっては常識でございますが、古のペルシアの王の酒杯はその水面に森羅万象《しんらばんしよう》の真実の姿を映したと言われております。つまりバーキー様は、小生にその真の実力を見せてみよと仰せなのです。これぞ大詩人！　兄の優美さに欠ける激励とは違い、目配せだけでそれをやってのけるのです。承知つかまつりましたよ、我が君。小生必ずや勝ってご覧にいれます！

小生は七杯目の葡萄酒を飲み干すと、意気揚々と車座の真ん中に進み出ました。

「ヤフヤー様、バーキー様、ならびにお集まりのいと貴い皆様方。今宵は素晴らしい宴にご招待あずかり誠に有難く存じます。小生、いまは故あって辻詩人に身をやつしてはおりますが、ひところはさるモスク……の給食所で書記職を拝命したこともございますファキル、筆名をファキーリーと申す詩人でございます。では、慈悲遍《あまね》く、慈愛深き神の御名において……」
小生は頭の中で息継ぎの場所を確認してからすっと息を吸い込んで、はじめは慎重に、徐々に熱を込めて頌歌を詠み上げました。いまや巨大な帝国の中枢におわす方々がその竜眼を見開いて一心に小生をご覧になっていらっしゃいます。まるで自分が世界の中心におわす皇帝陛下その方にでもなったような心地がしたものです。ああ、この恍惚とした時間がずっと続けばいいのに！きっと神も小生の無念を汲み取って下さったのでしょう、六十九対句目に差しかかったところで唐突に詩想が舞い降りたのです。小生は七十対句目を超えてさらに七対句、即興で詠み足しました。

かくして黒海と地中海、両海《ふたつみ》の集まり来るところ、帝都に一つの宴が営まれた。
内気な菫《すみれ》のように謙虚な楽士たちが弦をつまびき、
薔薇もかくやという真っ赤な頬の酌人たちが酒を注いで回る。
ふいに軒から軒へ庇《ひさし》を借りる町雀が宴に迷いこんだ。
立てば糸杉、座れば黄水仙のように華麗な佇まいの方々を前にして、
意気あがる町雀は顔を真っ赤に染めて囀った。
神よ、貧しき者《ファキーリー》の願いをお聞き届けください。我が王よ、永遠《バーキー》なれ！

さあ、これでちょうど七十七対句だ！　天国は七層、地獄は七層、地上は七界、しかして小生の詩もまた七十七。これぞ、小生に詩想を遣わされたのが創造主たる神その方であることの何よりの証左でございます。小生は法悦が冷めやらずにわななく手で清書した頌歌を取り出すと、バーキー様の面前で蹲《うずくま》り、恭《うやうや》しく献上いたしました。さあ、万雷の拍手をしようと待ち構える皆様方、お待たせいたしました。いまこそ喝采の時ですぞ！

ところが、待てど暮らせど拍手どころか物音ひとつ聞こえません。不審に思って少しだけ面《おもて》を上げると、小生の頌歌を握りしめたバーキー様が苦虫を嚙みつぶしたようなお顔をなさっていらっしゃいます。目が合うとバーキー様は忌々しげに顎をしゃくって席に戻るよう命じました。すぐに小生の相手を務める楽士の一人が進み出て抒情詩《じょじょうし》を詠みはじめましたが、お世辞にもいい出来とは言えません。ヤフヤー様は曖昧な笑みを浮かべているだけですが、いまやバーキー様のお背中からは隠しようのない怒気が立ち上っていて、もくもくと雲を作らんばかりです。やがて詩吟が終わるとお客人方はおずおずと楽士に拍手を送り、小生は小姓が持ってきた金子袋を手の中に押し込められ、そのまま広間から締め出されてしまいました。首をかしげながら屋敷の出口へ向かうと、門の脇のところからひょっこり顔だけ出した兄が手を振っています。小生は少し苛立ってずかずかと兄に歩み寄ろうとしました。

「待ちなさい」

ところが唐突に小生を呼び止める声があがったのです。振り向けば、なんとバーキー様が立っておられるではございませんか。

「席に戻りなさい。歌将棋はまだ終わっていないよ」

小生はぱっと顔を輝かせました。きっと、虎の子の頌歌を聞いて恍惚としていたお大尽方が正気に戻り、あわてて小生を呼び戻すよう仰られたのです。

「有難うございます、バーキー様！　実は小生、他にも歌を用意しておりまして……」

「ああ、歌。歌ね。まあそれはともかく、戻りなさい。ん、なんだいそこの薄汚い人は。——はは あ、その猫背は荷運び人だな。さては君、宴に参って酔いつぶれる気で迎えまで呼んでいたのかい。まったく、徹頭徹尾《てっとうてつび》、分をわきまえない人だな！」

当の兄にも聞こえるような朗々としたお声だったからでしょう、視界の隅にいそいそと門の外の闇の中へ踵を返す兄の姿が映りました。兄の曲がった背中が急に縮んでしまったような気がして、小生は思わずこう答えてしまいました。

「いえ、あれは小生の兄のハキルでございます」

「ハキル？　なるほど荷運び人にはお似合いの名前だね」

「……あのう、詩を詠むのはまずいでしょうか？」

「この頌歌みたいなやつをかい？　もちろん遠慮してもらいたいね」

バーキー様はさきほど小生が献上したヴェネツィア紙をぴらぴら振ると、下唇を突き出しました。

「困るんだよ、辻詩人君。今宵の歌将棋はね、ヤフヤー……あの助平親爺とわたしが詩を戦わせるための前座なんだから。君はあそこで一等、惨めに負けてくれないといけなかったんだ。ちゃんと合図を送ったろう？」

「はい、バーキー様は酒杯の水面をご覧になられました」

「そうだろう？　水面に映る君の薄汚い――失敬！――真実の姿を肝に銘じよと、ちゃあんと教えてやったじゃないか。それなのに、あんなどこかから盗んできた詩を詠んで悦に入《い》って。おかげで大迷惑だ。君のせいでヤフヤー様が口をきいてくれた次の奉職が流れたらどうしてくれるんだい？　第一、君みたいな下賤《げせん》の者が詩なぞ詠めっこないんだ。いったい誰の詩を盗んだんだい？　あ、その紙挟みに入ってるんだな？　貸しなさい、預からせてもらうよ」

小生が返事をする間もなく、バーキー様はひったくるように紙挟みを取り上げると、中身も見ずにもとの広間の方へずかずかと帰って行きました。小生もかさかさと音を立てる油紙を握りしめたまま広間に戻りました。ヤフヤー様は相も変わらず穏やかな笑みを浮かべていますが、他のお歴々のお顔は醜聞を期待して楽しそうにゆがんでおりました。小生が席に戻ると、バーキー様はさきほどとは打って変わった思慮深げな声音でこう仰いました。

「ファキーリー殿……いや、ファキル君。詩人たる者、古今《ここん》の名詩に通じるのは構わない。それを諳《そら》んじるのも大切だ。しかし、他人の詩を自分のものにしてはいけない。それは剽窃《インティハール》といって厳しく戒められている行いなんだよ」

バーキー様はおもむろに小生の紙挟みを開くと、驚いたようにほんの少しだけ目を見開いてから一つ咳払いをしました。

「ははあ、これはわたしの……いや、ヤフヤー様の詩ではないか。なになに。ああ、やっぱりだ。ヤフヤー様、こやつめはあなた様の詩を盗んだ様子。本来であればつまみ出すところですが、下賤の者ゆえなにとぞご容赦くださいませ。ファキル君、今宵の歌将棋はね、普段はここにいらっしゃる方々が親しまれない下賤の芸事《げいごと》に触れ、幾らかなりとも無聊《ぶりよう》を慰め、芸の肥やしに……」

肥やしと聞いてお大尽方の間から笑い声が漏れました。

「……肥やしにしようという意図があってのこと。無理をせずに、君が普段から詠んでいるような民草の詩を披露してくれればそれでいいんだ。わかったね？　さあ皆様、何でもいい。愛らしい町雀君に詩をご所望くださいませ！」

バーキー様がぱんと手を叩いたのを皮切りに、ヤフヤー様を除くお大尽方がてんで好き勝手に詩題を口にしはじめました。「おい、辻立ち、街の飛脚を詠め！」飛脚の尻には鈴一つ、前張りにも鈴玉二つがついてござい。「ようし、次は講談師！」ペルシアの叙事詩詠むのが講談師、心根歪んで半人前、シーア派の異端に染まって一人前。「三助！」泡で見えぬと思ってか、お前のお手々が握るのは手拭じゃなく逸物ぞ。金物屋、料理人、雑貨商、庭師――小生はさんざっぱら街の友人たちをこき下ろす詩を詠まされ、一つ終わるたびに席に戻されました。酒も樟脳《しょうのう》もすっかり回ってご機嫌のお大尽方は、その詩をあでもないこうでもないと品評しては、小生でさえ思いつかないような下品な言葉に詠みかえて大笑いしておりました。

「……何か言いたそうだね」

友人は私の貧乏ゆすりでかたかた震えるテーブルを軽く押さえながら、やけに静かな口調でそう言った。

「いえ、バーキーが随分とまあ意地の悪い人間にされているなと思いまして」

「そうかい？　これくらい強《したた》かじゃないと当時のサロンでは生き残れないよ。ああ、そうか君の先生はバーキーの専門家だったね。あの人は自分の本を売るためなら誰彼かまわずバーキーを絶賛するからなあ」

友人はコーヒーを口に運びながら鹿爪らしく頷いた。

「先生は関係ありません。ご存じでしょうけど、バーキーの成功はその詩才もさることながら、剽窃にはいっさい手を染めない公明正大な性格にも負うていたんです。宴の主の位階にかかわらず惜しげもなく名詩を吟じて、しかも盗作されても怒るどころか、人に真似てもらえて光栄だとのたまうほど謙虚な人だったんです」

「バーキーは盗作しなかった、ねえ」

友人はぽつりと言ったきり、コーヒーカップを置いて黙り込んでしまった。

「なんですか？」

じれた私が尋ねると、友人は下唇を突き出して掌を返した。

「いや、なんでもないよ。それはそうと君が吹き込まれた立志伝の類はちょっと大げさだよ。バーキーは優れた詩人だった。うん、これは確かだ。でも、本業の法官の仕事はお世辞にもいい出来じゃなかった。筋の通らない判決ばかり下すものだから、あとから何回も判決を取り下げさせられてるんだよ。彼は詩の技で身の丈に合わない官職をせしめていたのさ」

「それくらい知ってます。でも詩人の王と呼ばれた大詩人ですよ。俗世よりも詩想の世界に身を置いていたって考えれば、それくらいご愛嬌です」

「芸術は法に優るというわけだ。いかにも西欧かぶれの異教徒らしい考え方だなあ。ああ、気を悪くしないで。否定してるわけじゃないんだ。でも、僕ならこう考えるな。詩はつまるところ言葉の装飾、所詮は飾りに過ぎない。対して法は神の摂理に他ならない。しかして神の定め給うた法に従ってこの世の秩序を守ることの方が、森羅万象の美を詠んで創造主の偉大さを確認するよりもよほど大切だ、とね。正しい信徒ならばそういう心構えを持つべきなんだ」

「つまりバーキーが法官は飯の種、詩は出世の道具だと考えてたって言いたいんですか？」

「そこまで言ってないよ。でも、もしそうならとんだ偽善者だね。潜在的異端者ってやつだ」

反論しようとする私を手で制して、友人はぴしゃりと言った。

「君はバーキーを理想化しすぎなんだ。まさに偶像崇拝者らしい」

ف

すっかりしょげ返って俯きながらぶつぶつと床屋師弟の淫らな情交を詠むころになると、ようやくバーキー様も機嫌が直ったのか、小生の頌歌を忌々しげに睨みつけていたお顔をあげてよく通る声でこう仰いました。

「では最後だ、ファキル君。お仕舞に君が詠みたいものを詠んでよろしい」

そう、小生がすっ転んだのはまさにこのときです。耳の奥では目の前の慇懃無礼な優男に贈ったあの頌歌が鳴り響いておりました。ええ、さきほどは足が痺れていたからだ、などと嘘をつきましたが、本当は自分の頌歌に聞き惚れて足元がお留守になってしまったのです。あの頌歌がもたらすはずだった輝かしい未来――いえ、その残り滓《かす》が脳裏にこびりついて離れなかったのです。頌歌を詠み上げると、よもや市井の者が名詩をものにするとは夢にも思わなかった貴顕方は喝采を送り、小生は書記か近習に取り立てられて、これまで迷惑をかけ通しだった兄に楽をさせてやって、綺麗な妻も娶《めと》らせてやるのです。やがて兄に息子が生まれ、孫が生まれます。ある春の日、二階の書斎で皇帝陛下に捧げる頌歌を清書していると幼子が階段を駆け上る足音が聞こえてきます。「大叔父様！」小生はため息をつきながらも、幼子にせがまれるままに筆を止めます。むろん、胸のすく立志伝を聞かせてやるためです。いつの間にか兄もやって来て「またその話かよ、ファキル」なんて軽口を叩きながら、孫を膝の上に乗せて最後まで付き合ってくれるのです。――小生の運を開いたのは、かのバーキー様がお誘い下すったある宴じゃった。

「ファキル君、ぼうっとしてどうしたのかな。ああ、この紙挟みがなければ詠めないのか。仕方ないね。では最後のお題はわたしが出すとしよう。そうだな……荷運び人の詩を詠みなさい」

バーキー様はお大尽方をぐるりと見回してから、悠然とこう付け加えました。

「聞くところによると、君の兄上は荷運び人だそうだからね」

お大尽方は荷運び人の弟だと聞いて吹き出しました。闇の中に寂しそうに消えていく兄の曲がった背中が脳裏をよぎって、小生はたまらず耳を塞ごうと手を持ち上げかけました。その瞬間、まるでそれを引き留めるように兄の声が耳の奥で響いたのです。

――お偉方の尻にまとわりついて、連中がひる糞の中から口八丁で銀貨を拾い集める乞食になりたいのか？

――頑張れよ、ファキル！

視線を足元に落とすと少し背を曲げた兄が座っていました。それが穏やかに虚空を見つめるあの精霊憑きだと気が付くのには数瞬を要しましたっけ。「獅子のように雄々しい詩人の王になれぬからといって、ただ座して食われるのを待つ小鹿になるのもまっぴらごめん。それならいっそ狂い果てるのも一興だぜ」――絨毯の中に囚われ、兄と同じく背を曲げてこちらを見上げる精霊憑きは、これまた兄とそっくりの痛快な笑みを浮かべて小生を見つめておりました。小生は持ち上げかけた手を心臓と耳の後ろにあてがい、黙って立ち上がると最後の口上を述べました。

「慈悲遍く、慈愛深き神の御名において。皆々様のお耳を拝借……」

荷運び人、曲がった背《せな》に荷を担ぎ、驢馬もかくやと尻突き出して、今日も今日とて嫁さがし。

糞ひるみたいな恰好の、そこな驢馬めに言ってやれ。「あら大変、人の形の驢馬がいる！嫁さがしなら厩へお行き！」

いまや、お大尽方の哄笑は広間の円天井にひびを入れんばかりの大音声。ですから小生も負けじと声を張り上げたのです。

荷運び人、ひひんとひと啼きこう言った。「重い酒樽《さかだる》担ぎあげ、驢馬より重い荷を運ぶ。貴賤老若《きせんろうにゃく》、信徒に異端、客を選ばずへべれけの手前を運ぶ俺たちよ。坂の上まで酒運び、帰り道まで世話をする。俺様こそが貴様らの宴の主に他ならねえ！」

小生が即興を終えると、宴に居並ぶお大尽方は膝を叩いて笑っていました。ですが、小生は愛想笑いを浮かべるバーキー様が手を震わせながら小生の頌歌を握り潰しているのを見逃しませんでした。バーキー様の真っ赤に染まった顔を見て少しは溜飲の下がった小生は、小姓が差し出した金子をひったくると、しずしずと広間を後にしました。そのまま玄関に向かう小生に、またしてもバーキー様が追いすがって参りました。ぐしゃぐしゃに丸められたヴェネツィア紙がその手に握られているのを見て、小生は思わず食ってかかりました。

「紙挟みと頌歌を返してください」

「頌歌？　ああ、この盗作を？」

「盗作ではございません。小生がバーキー様の……あなたの詩を参考にしながら独力で紡いだ詩です」

てっきり頌歌を投げつけられると思っていたのに、バーキー様がヴェネツィア紙をさらにぎゅっと握りしめたので少し驚きました。こちらが目を眇《すが》めると、バーキー様は急に猫みたいな甘えた声を出しました。

「返したいのは山々だけれど、一度他人に贈ったものを返してほしいのなら、裁判所にでも訴え出てもらわないとね。わたしはこう見えて神の法の番人たる法官なんだよ」

眉根を寄せて笑う上気したお顔は白いターバンに映えて変わらず美しかったけれど、どんよりとした目はまるで秋口に帝都の海を支配するクラゲのように濁っておりました。小生は無意識のうちに服の裾を握りしめて屈《かが》み込みました。そのまま頭を下げて、なんとか紙挟みだけは取り返そうと思ったのです。唐突に門の方から兄が駆けてきたのはまさにそのときでした。兄はバーキー様がとめる間もなくその長衣の裾に接吻すると、地べたに蹲りました。

「銀貨の旦那様、どこのどなたか知らねえが、どうか弟にその紙挟みを返してやってくだせえ」

バーキー様は裾から兄を引きはがして言いました。

「兄弟そろって失礼な連中だね。紙挟みとはこれかい？」

バーキー様は小生の頌歌を懐に押し込むと、反対の手に持っていた紙挟みと小生、それに兄を見比べて、ちらりと周りを見回してからまた甘ったるい声で言いました。

「ものは相談だがこの紙挟みもわたしにおくれ。ほら、これをやるから」

途端に、まるで手妻遣いのような早業でバーキー様の掌に金貨が五枚も現れました。兄は目をしばたたかせてその金貨に見惚れておりましたが、ちらりと小生の方を見てからふたたび頭を地面にこすりつけました。

「その紙挟みを返してやってください、後生ですから」

バーキー様は不気味なものでも見たかのように一歩下がると、紙挟みを二、三回上下に振って、それから前庭の泥濘《でいねい》の方へ放りました。すると兄は、曲がった背を発条《ばね》のようにしならせて水溜りに頭から突っ込みました。そうして泥まみれの顔に真っ白な歯をむいて「どんなもんだい」とばかりに染み一つ付いていない紙挟みを掲げて立ち上がると、いつの間にかバーキー様の後ろにいらしたヤフヤー様に深々とお辞儀をして門の外の闇の中へ走っていきました。

バーキー様が顔を真っ赤にしてアラビア語で何か叫びました。ヤフヤー様はその腰にいかにも武人然とした手を回して撫でまわしながら、出て行けとでも言うように小生に顎を突き出しました。広間ではなく、奥の間の方へ消えていく老人と若者の背中を見送ってから、小生は門を出て坂道をとぼとぼ下って行きました。兄はお屋敷の下の泉亭で顔を洗っていました。小生に気が付くと、いつもみたいに肩をどやしつけるでもなく静かに頷きました。

「ごめんよ、兄さん。あのヴェネツィア紙、無駄になっちゃったよ」

小生が酒焼けして掠《かす》れた声で謝ると、兄は無言のまま好物の無花果を一つくれました。宴もたけなわとばかりに嬌声が響く酒場街のどこかから、昨日聞いた流行り歌がかすかに聞こえました。

——余は帝都、人々の住み栄える都市の母なり。

余は一等の幸運と、一等の不運を用意して、そなたが褥を訪れるのを待っている。

ああ、なんて嫌な歌だろう。堪《たま》らず小生がべそをかき出すと、兄は口に放り込んだばかりの無花果をぺっと道に吐き出して、抱えていた紙挟みを見せつけるように振りながらへっと笑いました。

「ほれ、お前の大切な商売道具だ。もう取られたりするなよ」

泥だらけの兄は口調とは裏腹の丁寧な仕草で小生の手から油紙を取りあげると、紙挟みに巻きつけはじめました。小生が泣きやむのを見計らってゆっくりと——本当は荷物の梱包なんて手馴れているくせに！——包み終えた兄は、そっと紙挟みを小生の手に握らせてくれました。

「その紙挟みは一等の幸運を引き寄せたな。見ろ、あのヴェネツィア紙がこんなたんまりの金貨に化けやがった」

いつ小生から掠め取ったものか、兄の手には紙挟みの代わりに金子袋が二つ載っていました。

小生が呆気にとられて無意識に紙挟みを握りしめると、兄はまたぞろ不思議そうな顔でこちらを見つめ返しました。嫌な予感がして反射的に紙挟みをかばう小生を尻目に、兄は嬉しそうにこう続けたのです。

「おい、へぼ詩人。妙案が浮かんだぞ。飲み直しがてらに今晩のことを酒場の常連客どもに聞かせてやろうぜ。即席の講談ってわけだ。今晩ばかりはお前の大好きなお高く止まった詩を詠んでも文句は言わないぜ。そっちの方が笑いが取れらあ！」

小生がため息をつきながら紙挟みを懐にしまうのを見て、兄は今度こそ思いっきり肩をどやしつけると、そのまま小生を抱え込んでずるずると酒場の方へ引きずっていきます。小生は長衣の上からもう一度だけ紙挟みを撫でて、少し曲がった兄の背を追ってすたすたと坂道を下って行ったのであります。

「この話が本当なら、バーキーの盗作を扱う論文の一本も書けそうじゃないかい？」

友人の悪戯っぽい視線をどっちつかずの笑みでやり過ごしながら、私は少しがっかりしていた。本歌取りが基本の帝国の文壇では剽窃とオマージュは紙一重。わざわざこんな小噺を仕立てあげるほど珍しい話ではない。だいいち十六世紀の紙に書かれているからといって、この走り書きまで同じ時代のものとはいまだに信じられない。やはり、十九世紀くらいの「復古主義者」がしたり顔で面白おかしいエピソードをでっち上げて大詩人を貶《けな》しただけだと言われた方がしっくり来る。なにより、あのバーキーがわざわざ木端《こっぱ》詩人の詩を盗作する必要なんてまったくない。彼は若いときからずっと偉大な詩人だったのだ。なにせ、帝都の名のある詩人にはじめて作品を贈ったとき、相手はそのあまりの素晴らしさに驚いて盗作に違いないと決めつけたほどなのだから！　私は店員を呼び止めて二人分のコーヒーをお代りすると、思いきって友人に疑問をぶつけてみた。

「とても面白い話ですけれど、二つばかり質問があります」

友人はコーヒーに砂糖を落としながら鷹揚に頷いた。

「一つ目、さっき仰ってたハキルが実在した証拠は？　お話を伺っても、私にはただの講談の登場人物にしか思えないんですが」

友人は黙ってルーズリーフを差し出した。ファキルが歌わされた荷運び人の詩の箇所だ。

「最後の行を見てごらん。僕はどう訳したっけ？」

「ええとたしか〝俺様こそが貴様らの宴の主に他ならねえ！〟でしたっけ」

「そのとおり！　じゃあ今度は僕の訳じゃなくて、こっちのコピーの原文を訳してごらん」

友人は読みにくいコピーの詩の箇所をぐいぐい指で押した。

「〝まさに卑しく貧しい者《ハキルファキル》のほかに諸君の宴の主はない〟。……意訳したんですか？」

「まさか！　意訳なんてしないさ！　いいかい、むかしの人は謙虚に暮らしていたって言ったろう？　当然、俺が、俺がと前にしゃしゃり出るのはきつく戒められていた。傲慢と自己過信は不信心に繋がるからね。そして、それは言葉遣いにも表れていたんだよ。残念ながら我がトルコ語ではもはや失われてしまった伝統だけれど」

友人はそう言って、テーブルの隅の辞書を広げた。

「むかしの人は〝私〟と言うときに色々な言葉を使ったものだけど、僕が一番好きな謙譲語がこれさ」

私は友人の指の先に書かれた成句を口に出した。

「〝卑しく貧しい者《ハキルファキル》〟……」

「そう、卑しき者《ハキル》と貧しき者《ファキル》。知ってるかい、その二つの言葉の間にو《ワーウ》を挟んで連語にして卑しく貧しい者《ハキルファキル》と言うとね、〝小生〟という、一等へりくだった一人称になるんだよ」

友人はそこでコーヒーを口に含むと顔をしかめて、砂糖を足しながら続けた。

「でも本題はここからだ。この〝卑しく貧しい者《ハキルファキル》〟と、君の好きなバーキーの態度を合わせて考えると、この即興詩に隠された絡繰《からく》りが見えてくるんだ」

眉根を寄せた私に、友人は要領の悪い教え子の間違いを正す辛抱強い教師よろしく大きく頷いた。

「ほら、即興のあとバーキーだけは顔を真っ赤にして怒っていたろう。おかしいとは思わないかい？　ついさっきまでファキルに意地悪して、荷運び人のハキルを嘲笑って悦に入っていたっていうのにさ」

「……まあ、言われてみれば変ですね」

「バーキーはさすがに大詩人だからね、ファキルが自分にだけわかるように仕掛けた仕返しに気が付いて腹を立てたんだよ」

「仕返しですか？」

私がそう聞き返すと、友人は罠にかかった小夜啼鳥をどう料理しようか考えて悦に入る狩人のようににんまりと笑った。きっとハキルが「妙案」を口にするときもこんな忌々しい表情を浮かべていたに違いない。

「いいかい、これは詩の最終対句なんだ」

私が首を傾げると、友人は珍しく苛立ったようにルーズリーフを指でとんとん叩いた。

「これは詩の最終対句なんだよ！」

「見ればわかりますって」

「いいや、わかってない。詩の最終対句に欠かすべからざるものは何ぞや？」

友人はもったいぶってコーヒーを一口啜ると厳かに宣言した。

「詩人の署名だよ！」

「……即興詩ですよ。署名がなくたって不思議じゃない」

「それじゃあ宴で馬鹿みたいに笑い転げていたお大尽どもと似たり寄ったりだな。ああ、ごめん、ちょっと言葉が過ぎたよ。いいかい、たしかにお大尽たちの耳には〝宴の主は俺様さ！〟って聞こえたろうよ。荷運び人が偉そうに嘯《うそぶ》いてるのが面白くて笑ったわけだ。でも、バーキーにはこう聞こえたはずだよ。〝宴の主はハキルとファキルさ〟ってね！　ファキルはね、お気楽なお大尽方は好きに笑わせておいて、しかし自分を蔑《ないがし》ろにした相手にだけ伝わるように〝今晩の宴の主人公は、僕たち兄弟だぞ〟って洒落のめしたのさ。ファキルは最後の最後で、いかにも詩人らしいやり方でバーキーから一本取ったんだ。そして詩の最終対句の署名は詩人にとって何よりも大切なもの。そこにハキルの名前を入れたからには、口うるさくて喧嘩っ早い、愛すべきハキル兄さんは実在したと考える方が自然じゃないかな？　ああ、それにしても辻詩人風情にしっぺ返しを食らった鼻持ちならない若造詩人の顔を想像すると痛快じゃないかい？」

楽しそうに笑う友人とは違って、私はどうにも納得がいかなかった。こんな些事にいちいち腹を立てるバーキーの姿が想像できなかったのだ。だからこそ、友人に失礼だと思いながらもこう尋ねずにはいられなかったのだと思う。

「その頌歌と講談じみた書き込みがファキルの残したものだとしても、バーキーが剽窃に手を染めた証拠にはなりませんよね？」

友人ははじめて笑みを引っ込めて眉根を寄せた。

「そうなんだよ。君の言うとおりなんだ。バーキーが奪った波斯書体《ナスタアリーク》の頌歌の行方がわからないことには彼の盗作を証明する手立てがない。でも、それを見つけるのはとても難しい。だからバーキーを腐すつもりの僕の論文は完成しないし、お蔭で君の大切な詩人の王の面目も保たれるってわけさ。安心したかい？」

友人はちょっと疲れた様子でスプーンでぐるぐるとコーヒーをかき回していたけれど、やがて顔を上げたときにはいつもの穏やかな笑みが戻っていた。

「まあ興味深い史料には変わりないさ。妙ちくりんな話ばっかり集めてる君向きだろ？　これは進呈するよ。それと……」

友人はがさがさと鞄を漁って紙袋を取り出した。

「忘れるところだったよ。頼まれていたバーキーの詩集だよ。いやあ、重かったなあ」

私は詩集の入った紙袋と三つ折りの詩篇のコピーを受け取ると、立ち上がって友人と抱擁を交わした。

電車に乗り込んだ私は、例の頌歌のコピーはさっさと鞄に放り込んで、友人が荷運び人よろしくアジアの反対側から遥々運んで来てくれた詩集を紙袋から取り出した。バーキーが皇帝に献上した詩集の復刻本だ。金泥を流した黒縁の罫線に囲まれた流麗な波斯書体《ナスタアリーク》が連なる複製写真をぱらぱら捲《めく》っていくと、やがてあの最後の七対句を欠いた七十対句の頌歌が姿を現した。ぐしゃぐしゃになった領収書が、出来の悪い押し花みたいに挟まっていたからすぐに分かったのだ。値段を確認して友人に感謝した私は、手慰みに皺だらけの領収書をならしていたのだけれど、ふと違和感を覚えて開いたままの詩集の頁に視線を戻した。

最近の画像編集技術というのは大したもので、一見するとほかの頁と変わりない。しかし、よくよく見ると例の頌歌の頁にだけ縦横に皺が走っていた。まるで誰かが一度握りつぶした紙を一所懸命ならしたみたいな有様だ。私は友人のくれたコピーの方を取り出すと、どきどきしながら読みにくい走り書きをなぞってみた。

「ぐしゃぐしゃに丸められたヴェネツィア紙がその手に……」

「バーキー様がヴェネツィア紙をさらにぎゅっと握りしめたので……」

私は祈るような気持ちで頌歌の最終対句の空白に目をやった。はたして、結句の隣にはとぐろを巻いた蝿の糞みたいな汚れが残っていた。五百年も前の写本だぞ、染みや汚れ、不心得者の鼻糞なんかがアラビア文字の点と混ざってなんとも判別しがたいのなんて日常茶飯事じゃないか――そんな言い訳を頭の中で繰り返してみたものの、詩集の頁はしっかりと画像処理されていて、無駄な汚れはすべて除かれている。つまり、これは蠅の糞ではないのだ。

――バーキーが法官は飯の種、詩は出世の道具だと考えてたって言いたいんですか？

――君はバーキーを理想化しすぎなんだ。まさに偶像崇拝者らしい。……疑いもせずに偶像を拝むんだから、まったく不思議なもんだ。

友人とのやり取りを反芻するうちに、頌歌の頁の上に不思議な変化が起こった。蠅の糞のとぐろがうにょうにょと解けはじめたのだ。みるみる間に窮屈そうに折り畳まれていた尻尾が伸びていって、黒点を戴く優美な頭が持ち上がっていく。目を擦《こす》ってふたたび頌歌に視線を落とすと、そこには流麗なف《ファーウ》の姿があった。

――美を華麗な言の葉で飾り、言い表すのが詩人の使命であり、神への奉仕なのさ。大詩人であれ辻詩人であれ、そこに貴賤はないんだよ。

私はもう一度、ファキルの頌歌を詠み直してみた。

雅やかな古典詩はかくあるべし、そう教えてくれるような素直で綺麗なとてもいい詩だった。そう、まるでバーキーが詠んだみたいな名詩だ。顔を上げて電車の吊り広告を眺めながらしばし内心の葛藤と闘った末、私は自分の負けを認めて詩集を鞄にしまうとポケットから携帯電話を取り出した。

「面白い話を有難うございました。はなはだ遺憾ながら、仰っていた論文が書けるかもしれませんよ。詳細はのちほど！」

携帯のタッチパネルをぽちぽちやるうちにも、私はなんだかひどく愉快になってきて、隠れた名詩人のために敬虔な友人の分も祝杯を挙げてから帰ろうと新宿で電車を降りると、そのまま馴じみの太っちょの店主がいる名も無き酒場へ続く坂道を下って行った。

初出

無名亭の夜　　群像　二〇一四年一二月号

ハキルファキル　　群像　二〇一三年一〇月号

宮下　遼（みやした・りょう）
1981年、東京都生まれ。東京大学大学院総合文化研究科博士課程単位取得満期退学。現在、大阪大学言語文化研究科講師。訳書に、オルハン・パムク著の『わたしの名は赤』『雪』『無垢の博物館』他。本書収録の「ハキルファキル」は初の小説作品。

無名亭《むめいてい》の夜《よる》

二〇一五年八月二五日　第一刷発行

著者――宮下《みやした》　遼《りょう》

発行者――鈴木　哲

発行所――株式会社講談社
東京都文京区音羽二―一二―二一
郵便番号　一一二―八〇〇一
電話　出版　〇三―五三九五―三五〇四
販売　〇三―五三九五―五八一七
業務　〇三―五三九五―三六一五

印刷所――凸版印刷株式会社

製本所――黒柳製本株式会社

ISBN978-4-06-219516-4